U0135414

つがる

津轻

[日] 太宰治 著

董纾含 译

中国出版集团　现代出版社

津轻的雪，有：

粉雪

粒雪

棉雪

水雪

硬雪

糙雪

冰雪

（摘自《东奥年鉴》）

序

　　某年春天，我第一次花了约三个星期时间，绕着本州北端的津轻半岛游历了一回。那可谓是我这三十余年人生中极重要的一件大事。我生长于津轻，但是在津轻的那二十年间，却只去过金木、五所川原、青森、弘前、浅虫、大鳄这么几个地方。关于其他的村镇，我其实并不了解。

　　我出生在金木。这座城市位于津轻平原的大约中央位置，人口有五六千人。这个地方虽然没什么特色，却泛着一股硬充大城市风貌的做派。说好听点，就是淡泊如水。说难听了，就是肤浅虚荣。从金木南下十二公里，岩木川边坐落着五所川原这样一座小城。此地属物产集散地，所以人口据说已超过一万。除了青森和弘前，周遭再没有人口破万的城市了。这个地方嘛，说好听点，就是很有活力；说难听了，就是嘈杂闹腾。如此一座小城，非但没有农村朴实温厚的气质，却反而悄然暗含着大城市才有的孤独和战栗感。我姑且打一个夸张的比方吧，以东京为例，如果说金木相当于东京的小石川，那五所川原就是浅草。我的姨母就住在五所川原。从小时候起，我对这位姨母的依恋之情就更甚于我的亲生母亲。我总是跑去五所川原的姨母家玩。可以说，直到念了初中，津轻这片地方我还只去过五所川原和金木，除这两处之外，我几乎可说是一无所知。于是，当我去参加青森的入学考试时，虽然花在路上的时间仅有三四个小时，我却将其当成是一趟盛大的出行，甚至还把当时的那种兴奋感添油加醋写成了小说。当然，其中文字并未做到如实描写，反而满是悲伤而又滑稽的虚构。虽是如此，但所记录的感受倒是八九不离十。我的那篇小说这样写道：

　　从村中小学毕业后，少年先坐马车，又乘火车，辗转前往距家四十公里外的小城市参加入学考试，那小城正是县厅所在地。无人知晓，他赶考时这一身萦绕着孤寂感的打扮，是花了好些年头、下了苦功的结晶。少年的服装搭配得甚是奇妙，他似乎极为中意身上这件白色法兰绒衬衫，所以特意穿来考试。而且，这衬衫领口敞得很大，宛如蝴蝶的翅膀，又如同夏装中那种会翻出去盖到外套上层的开襟衬衫的领口一般。他将领子拉到和服的领口外，盖住了和服的衣领，但总觉得这穿法有点像罩了一副幼儿围嘴。然而，在可悲而又紧张的少年眼中，自己这身行头简直就和贵公子并无二致。他穿着一条久留米碎纹布做的泛白条纹短裙裤，脚上踩着一双闪闪发亮的黑色系带半高筒靴。甚至还披了件斗篷。

他父亲早已见背，母亲身染沉疴。少年的日常生活都是受温柔的兄嫂照料。少年拜托巧手的嫂子，硬是请求她把自己的衬衫衣襟再改大一点。嫂子一笑他，少年竟真动了肝火，他想到自己的美学竟无人能够理解，于是满心遗憾，险些掉下泪来。潇洒、典雅——它们可以说是少年美学的全部内涵。不，不，可以说，少年是将自己的整个生命，将自己人生的全部意欲，都倾注其中了。他故意将斗篷的扣子散开，令外套从他那窄小瘦削的肩膀滑落几寸。他认定这就是时髦。也不知他究竟从何处学来这伎俩，或许，时髦是种本能，无须示范，即可自行生出些新发明吧。少年打出生以来首次踏上一片有些城市气质的土地，所以才会使出浑身解数去装扮自己。他甚至兴奋过头，刚刚抵达本州北端的这座小城，就连讲话的习惯都产生翻天覆地的变化，用起了曾跟着少年杂志学到的东京腔。然而一到旅馆歇下脚，他便发现，这里的女佣们说的还是和自己故乡完全相同的津轻话。少年不禁感到有些扫兴。毕竟，这小城距离自己的故乡也只有不到四十公里罢了。

文中提到的这座海边小城就是青森。据说在宽永元年（1624），也就是距今大约三百二十年前，外浜奉行接管此地，想要将此处打造成津轻第一的海港。当时此处已有民宅上千户。自那时起，此地又与近江、越前、越后、加贺、能登、若狭等地展开频繁的船运往来，逐渐繁荣起来，最后成了整个外浜之中最热闹的重要港口。到了明治四年（1871），《废藩置县令》颁布，这里成了青森县。与此同时，它还是县厅的所在地，守卫着本州岛的北大门。从青森连接到北海道函馆的铁路轮渡更是家喻户晓。如今这里已有两万户、总人口超过十万人，可是从游客的角度来看，此处并不能给人留下什么好印象。虽说青森过往屡遭大火，所以房屋相貌贫瘠破败，这也是无可奈何。但问题是，游客甚至找不出这座城市的中心究竟在哪里。一户又一户被煤烟熏得黄且脏的民宅神色木然地依次排列，丝毫不会对外乡人展现出半点热情。于是游客也就只好匆匆忙忙打此路过，再无留恋。然而，我却曾在这座城市生活了四年。这四年也可说是我人生中极为重要的一段时光。我将那几年的生活忠实地写成文字，收录在早期小说《回忆》之中。

那一年春天，我通过了中学的入学考试，虽然成绩并不理想。我穿着崭新的裙裤，脚踩一双黑色袜子，外加系带半高筒靴。将一直在用的毛织披挂扔到一边，改穿一件呢绒料子的斗篷。还赶着时髦，故意不系扣子，将斗篷披在肩头，以如此模样来到了这座海边小城。我在城中一位远亲家的和服店里解下行囊，那店口挂着的门帘已经破败不堪。而我在这里度过了很长的一段时光。

我这个人生性极易得意忘形，刚入学的时候，我就算去公共澡堂也要头戴学校的制服帽，穿着裙裤。走在路上，看到街窗中映出自己这一身行头，我甚至还会对着镜中身影微笑点头。

不过，学校生活却是索然无味的。校舍地处城市边缘，墙壁上还涂着白漆。它背后紧挨着一座面向海峡、平坦开阔的公园。上课时，松风海浪纷纷入耳。走廊宽阔，教室的天花板也很高。这一切都令我感到惬意。然而，学校的老师们却对我欺负得厉害。

从开学典礼那天起，我就遭受了某个体操老师的殴打。那老师声称是我表现得太过嚣张。他是我入学考试时的面试官，记得当时他曾面露同情地对我说："你父亲过世了，想必很难安心读书吧。"听他这样讲，我也难过地垂下了头。正因如此，入学典礼上他对我的一番凌辱愈发令我心碎。那之后，我又遭受了其他一些教师的殴打。他们打我的理由五花八门，有的说我嬉皮笑脸，有的说我打哈欠，甚至还有人告诉我：你打哈欠的声音之大，早在教职员室中频频被议论了。这世上怎会有闲谈如此无聊之事的教师们呢？我真觉得荒唐。

某天，某个同乡将我叫去校园内一座小沙丘的背面，忠告我：你的态度的确是有些目中无人，要是一直这样挨打，那你肯定会留级的。他这番话令我万分错愕。那天放学后，我独自一人匆忙沿着海岸线回家。海浪一波又一波地冲刷着我的鞋底，我边走边叹息。当我用西服的袖口擦拭额上的汗水时，一面大得惊人的灰色船帆正从眼前摇晃着行驶了过去。

这所中学至今仍坐落在青森市的东部区域。那座平坦开阔的公园正是合浦公园。这座公园紧挨着校园，简直就像学校的后院一样。除了冬季大风大雪的日子外，我来回学校都会穿过这座公园，沿着海岸线步行，可以说是抄了条近路。这条路线鲜有学生会选择。走在这条路上，总能令我心情舒畅且清爽。从时节来看，又尤以初夏清晨最佳。此外，我寄宿的那家和服店，就是寺町的丰田家。这是一家传承了近二十代的老店，在青森可以说是首屈一指。丰田家叔父早些年已经去世。他待我极好，甚至胜过自己的亲生儿子，我一辈子都不会忘记他的恩情。最近两三年，我曾回去过青森两三次，每次都会去叔父的墓碑前看望，而且次次都会在丰田家留宿。

　　读到初中三年级，某个春日的清晨，我在上学途中倚着朱红色的桥栏，出了一阵子神。桥下那条河恍如隅田川一般缓缓流过。在那之前，我还从未如此出神过。因为我总感觉背后有人在盯着自己，所以会下意识地端起各种姿态。我还为这些姿态添加细节，并逐一标上解释分析，如：他此刻正困惑地望着掌心；他一边搔着耳后，一边喃喃低语……对我而言，本来绝不会出现"不经意"或"忘我"的情况。所以当我意识到自己竟在桥上出了神，便对这寂寞的感受产生一阵兴奋。在这情绪之中，我思考着自己的未来。鞋子敲击桥面发出清脆的"咔嗒咔嗒"声，我就这样走过这座桥，种种回忆浮现在眼前，又引我畅想、期待。最终，我叹了口气问自己：我能做出一番事业吗？

（中略）

　　我近乎胁迫般地告诉自己："总之，你必须比其他人都优秀！"事实上，我也决心苦读功课。从三年级开始，我的成绩始终在全班名列前茅。既不被看成是书呆子，又能拿到优异成绩，要做到二者兼得其实非常困难，但我却从未遭受过"书呆子"一类的嘲讽。岂止如此，我甚至还深得拉拢同学的技巧。就连一个外号"章鱼"的柔道主将都对我言听计从。教室的角落摆着一个放纸屑的大罐子，我有时就指着那个罐子对他说："喂，章鱼，你快进罐子里吧。"于是，那个外号"章鱼"的同学便顺从地把头伸进罐子里咯咯笑起来。他的笑声在罐中回荡，声音古怪。班中的几个相貌俊美的同学也都和我打成一片。当时我脸上起了痤疮，于是便将膏药剪成三角或六角的小花贴在脸上遮挡，做到这种地步，竟然也没有一个人嘲笑我。

　　我打心底里烦恼着自己脸上的痤疮。当时，这些痤疮越长越多，每天早上，我一睁眼就要摸一摸自己的脸，检查脓包的情况。我买过各种各样的药，却没一样真能起效。每次去药房，我还要特意将药名先写在纸片上去问，假装成是受他人之托来买的。我将这些脓包视作情欲的象征，它令我羞耻难当，深感前途一片黑暗，甚至恨不得直接寻死。我这张脸也被家人贬损到了地心。我那嫁了人的大姐竟然说：绝不可能有人愿意嫁给阿治！无奈，我只得拼命地用药。

弟弟也很担心我这一脸脓包，为了帮我买药，他跑了好几次腿。我和弟弟自幼不和，弟弟参加中学入学考试的时候，我甚至祈祷他落第。然而自我二人背井离乡，我也渐渐感受到了弟弟的温柔品性。随着年龄增长，他逐渐变得沉默且内向。他有时会写一些小品文登在我们的同人杂志上，但文风却往往羸弱苍白。弟弟的学习成绩比我差，他为此很是苦恼。倘若我安慰他，又会惹得他更加不悦。他还很讨厌自己发际那一片形似富士山的美人尖，他深信，正是因为自己额头生得太窄，所以头脑才如此不灵光。唯有这个弟弟，他的一切我都愿意接受。当时的我，为人处世的选择只有两种，彻底隐瞒，又或全无遮拦。我和弟弟之间没有秘密，一切都会讲明。

　　入秋的某个没有月亮的晚上，我们两人走到港口的栈桥边，吹着从海峡那一头远渡而来的海风，聊起了红线的话题。那是学校的国文老师在某次授课中和学生们讲到的。他说，我们右脚的小趾上都系着一根看不见的红线，那条线很长很长，线的那一头同样系在一个女孩子的脚趾上。我们二人哪怕相隔千里，红线也不会断。哪怕近在咫尺，红线也不会乱。命中注定，我们将结为连理。第一次听到这个故事时，我激动万分，一回家就马上讲给弟弟听。那一晚，我们侧耳倾听着海浪声与海鸥鸣叫的声音，聊着红线。我问弟弟：猜猜你的妻子现在正在做什么？弟弟双手按着栈桥的栏杆，摇晃了两三下后，羞赧地回答：她正在院中。听他这样说，我不由得想象到一位身在庭院之中，脚踩着大大的木屐，一边摇着团扇一边欣赏着夜来香的少女。她和我弟弟是多么般配啊。轮到我的时候，远眺深沉黑暗的大海，我只说出一句：她系着红色的腰带。便不再作声。跨海而来的渡轮仿佛一户巨大的旅舍，无数的房间都亮着橘色的灯光，它在海平面上飘荡着，缓缓出现在眼前。

我这个弟弟在那之后两三年便离开了人世。当时，我们都很喜欢去那座栈桥。到了冬天，落雪的夜晚，我和弟弟二人也会撑着伞去栈桥上。大雪静静地落下，融化进港口那片深深的大海中，景色极为动人。最近的青森港船舶众多，这座栈桥边也全被各色船只挤满，已是毫无景致可言了。文中提到的那条酷似隅田川的大河，就是流经青森市东部的堤川。它直汇入青森湾。当河流汇入大海前，会稍作踟蹰，流速离奇变缓，产生出近乎倒流的景象。我望着那片缓慢流过的区域，发着呆。若搬出一个做作的比喻：可以说，我的青春就仿佛这即将汇入大海的河流吧。也正因如此，在青森的那四年对我来说可谓永生难忘。关于青森的回忆大抵就是这些了。而青森以东十二公里的一座海边温泉——浅虫，也同样令我难以忘怀。在此，我仍要摘抄小说《回忆》的某一节：

到了秋季，我带着弟弟一起出发，从市内乘坐三十分钟的火车，前往那处海边温泉。母亲和大病初愈的姐姐在那儿租了一间屋子，希望借由温泉疗养身体。很长一段时间内我都住在那里，努力准备着升学考试。为了"秀才"这样一份无法摆脱的名誉，我必须在中学四年级时顺利升入高中，让大家瞧瞧我有多优秀。也就是从那时起，我开始厌恶上学。虽然这种厌恶感与日俱增，但我受着无形的压力所驱赶，仍旧一门心思用功苦读。我当时每天要搭火车上学。每到周日，朋友们会来找我玩。那时我们一定会去野游。在海岸边平坦的岩石上搭锅炖肉，痛饮葡萄酒。我弟弟嗓音很好，会唱的歌也很多，于是我们就请弟弟先教会我们新歌，再一同合唱。玩儿累了，我们就直接躺倒在岩石上入睡。一觉睡醒，海潮已经上涨，没过了岩石与陆地的连接处，身下的岩石竟成了孤岛。而我们却仿佛仍在梦中一般。

说到这儿，我或许也只能开开那句玩笑——青春最终还是奔流入海了呀。浅虫的海水是清冽宜人的，但住宿方面可就不好说了。毕竟是位于寒冷东北方的一座渔村，自然拥有渔村特有的粗犷，这倒也没什么好抱怨的。可是此处的居民们却生性一副坐井观天般无知的傲慢态度，可真是一言难尽。而且，恐怕也不只有我一人感到厌恶。正因为这是我故乡的温泉，所以我才能毫无顾虑地说它的坏话吧！明明就是乡下，却弥漫着一股子让人难受的优越感。这些年我都没再去过这儿，如果住宿费没有高到令人咂舌的地步，那倒是再好不过。当然，讽刺到这个程度，的确是我说得有些过火。最近我都没有在浅虫住宿过了，只偶尔在搭乘火车路过时，透过车窗远眺这座温泉城市的家家户户，然后以我这么一个贫穷艺术家的些微直觉做了以上一番评论，仅此而已，并无任何事实根据。所以我也不想将自己这份直觉强加到读者身上。我甚至希望读者不要相信我的直觉。浅虫现在一定也已改头换面，作为一座彬彬有礼的休养胜地重归世人面前了吧。想到这里，一阵疑惑不由从我脑海中一闪而过：会不会是来自青森的那些血气方刚的雅客，在某一时期意外将这座寒冷的温泉小城吹捧起来了呢？他们或许还相信这里的旅馆老板娘和热海或汤河原并无二致，真可以说是身在茅屋，却又沉醉于肤浅的幻境之中了。不过，以上这些，也不过都是我这个生性别扭的贫穷文人，在偶尔乘坐火车路过这片曾留下往昔回忆的温泉地时，又执意不愿下车，于是胡思乱想出来的种种罢了。

津轻一带最有名的温泉胜地就是浅虫了，略逊于它的可能是大鳄温泉吧。大鳄位于津轻南部，距离秋田县比较近。比起温泉，此处的滑雪场似乎更有名，可以说是誉满全国。大鳄的温泉水源自山麓，此处仍残留着往昔津轻藩的历史遗韵。我的亲属们也时常来这边的温泉游玩。我少年时也曾来此处玩耍过，不过它给我留下的印象并不如浅虫那般深刻。然而，关于浅虫的记忆虽鲜明，但同时也意味着这些回忆并不全都是美好的。相较之下，关于大鳄的回忆虽有些模糊，但却令我十分怀念。这或许就是海边温泉和山麓温泉的不同吧。我已有近二十年没有再去大鳄温泉了，不过到如今，我会不会也将大鳄看作和浅虫相当的地方，会不会只能从它身上感受到都会残杯冷炙所留下的惺忪醉意呢？我无法斩断对大鳄的留恋，和浅虫相比，此处与东京之间的交通要恶劣很多。可对于我来说，交通不便反而成了我唯一的念想。据此地不远就是碇关，自旧藩时期起它就是把守津轻与秋田之间的关隘。正因如此，此处历史遗迹颇多，也极大地保留了往昔津轻人的生活样貌。我不希望这里轻易遭受大城市风习的蚕食。此外，还有最后的一丝念想，就是距此处以北约十二公里的弘前城。它至今仍残存于世，城楼保存完好，岁岁年年的阳春皆有繁花相抱，而它在丛中昂然矗立，彰显着自己的存在。我坚信，只要这座弘前城仍健在，大鳄温泉就不会跪仰大都会之鼻息，啜其残沥，并陷入凌乱宿醉的境地。

弘前城，它在历史上曾是津轻藩的中心。津轻藩祖①大浦为信在关原之战中加入了德川一方，并于庆长八年（1603），受诏成为德川幕府下一位俸禄高达四万七千石的诸侯。很快，他开始在弘前高冈规划修建城池，到了第二代藩主津轻信牧在位时期，这座弘前城才终可竣工。自那以后，代代藩士长居于此。到了第四代津轻信政时，又与同族津轻信英分家，后者迁至黑石，津轻便由弘前、黑石两藩共同治理。信政治理有方，为政仁善，被誉为元禄时代七大名君之中的巨擘。在他的管理之下，弘前的面貌焕然一新。然而，到了第七代信宁，竟遇上了宝历、天明年间的大灾荒，津轻顿时处境凄惨，如堕人间炼狱。财政方面也是捉襟见肘，匮乏至极。在这一片愁云惨雾中，八代信明、九代宁亲这二人拼死力挽狂澜，意图恢复津轻藩往昔荣光。

---

① 藩祖：江户时代日本存在的各藩的开祖。

到第十一代津轻顺承，才总算是脱离了危难。紧接着第十二代承昭可谓功德圆满奉还了藩籍。于是才有了如今的青森县。这一段变迁与弘前城的历史并肩，它们同时也构成了津轻历史的大概。关于此地的历史，我会在后文中再作详述。此刻，我想稍用笔墨谈谈自己对弘前的回忆，聊做这本《津轻》的序章。

我曾在弘前住过三年。虽说住在此处是因为考入弘前高等学校读了三年文科，但当时我一门心思都扑在了义大夫上，这种艺术令我异常痴迷。每天放学后，我都会顺路跑去一位表演净琉璃的女师傅家。记得最开始听的《朝颜日记》，但是如今也早将内容忘得精光了。不过我当时还把《野崎村》《壶坂》甚至《纸治》等曲子都记了个遍。我当时为何会开始着迷于如此与自己身份不符的奇特之事呢？当然，我不会将自己的异常举动全都推罪于弘前。可它至少也要负起那么一星半点的责任吧！毕竟，这座城市可是极盛行义大夫的。有时，城中剧场还会开办业余义大夫表演会。我甚至去凑过一次热闹。会场上，那些城里的老爷一本正经地穿着正装，认认真真唱着曲。虽说表演得并不在行，但却毫无装腔作势之态，个个都是极用心、极认真的。其实青森自古以来也不乏些雅客，但却多是叶公好龙，只想听得艺者一两句夸赞的肤浅人士。又或者，是工于经营政商的聪明人，他们只将这附庸的风雅当作武器罢了。但在弘前，见得最多的则是为如此无聊的艺能琐事拼命钻研、挥汗如雨的可怜老爷们。可以说，事到如今这片土地上还剩了不少货真价实的笨蛋。在古书《永庆军记》中，也有"奥羽两州，人心愚钝。不知委于强者，每遇强者，则曰：此为吾先祖之敌，卑劣之族类。单凭一时武运招摇于世，仅此而已。拒不从顺"的记载。可以说，弘前人骨子里就带着"愚钝"的气质，即便无数次败北，也绝不愿对强者点头哈腰。他们骄矜傲慢，最终沦为世人耻笑的靶子。在此地生活三年，使我变成了极度怀古、沉迷义大夫，甚至还散发起了浪漫心性的男人。接下来我所引用的，是过去所写小说的某一段，虽说仍是篇滑稽的虚构文章，但我也只得苦笑着和诸位坦白——至少就生活氛围而言，这篇文章可称得上写实了。

　　在咖啡馆喝着葡萄酒的日子自不必提。他甚至还学会了大摇大摆跑去和艺人们一道吃饭的本事。少年并不觉得这有何不妥，他甚至深信，这风雅同时又带些匪气的做派，真称得上是最高尚的审美。在老城区某家古朴幽静的料理店吃过两三次饭后，少年那醉心打扮的本能又忽然觉醒，这次简直是一发不可收拾。他想穿上《第四十组群斗》这出戏里救火员的那身衣服，大模大样盘着腿，面向料理店深处的小院坐下。吆喝着：哟！小姐今晚可真是漂亮呀。想到这儿，他兴奋不已，打点起了行头。藏青色的围裙很快到手。他在那围裙的前兜里放了个老式的钱包，双手揣在怀里闲晃。看上去倒颇有那么几分痞相。角带也买到了。就是那种在腰上抽紧时会发出熟绢摩擦声的博多产腰带。他还跑去和服店定做了一件唐栈质地的单层和服。但这几样一拼，却成了四不像。是救火的？赌钱的？店伙计？都像，又都不太像。不过，这一身行头穿在身上，就仿佛刚从戏中走出来一般。能给人这种印象，少年便心满意足了。时值初夏，他赤着脚，踩着一双麻编内衬的草鞋。到这一步为止倒还算过得去。可是少年心头又突然冒出个鬼主意，那就是细腿裤。他记得在戏中，救火员身上就穿着一条青色棉布质地的笔挺长筒细腿裤。他想弄一条那样的裤子。记得戏中角色骂了一句"你这丑鬼"，然后猛地撩起衣摆，态度也随之一变，端起一副威猛的架势。当时衣摆下的细腿裤立即吸引住了少年的双眼。单穿一件短裤衩怎么行！决不能如此敷衍。于是乎，少年遍访城中各处，可到底也没找到一条细腿裤。他拼命向一个又一个店家解释："你听我说，就是那种泥瓦匠穿的裤子呀，那种贴身的蓝色细腿裤嘛。真的没有吗？啊？"他走了和服店，又问过了足袋店。可是店里的人听他这样解释，也只脸上挂着笑摇头回答："现在要买那种衣服吗？可不好找喽……"当时天气已是酷暑难耐，少年汗流浃背地搜寻，终于有一家店主告诉他："你要的那种裤子我们家虽然没有，但你可以去问问巷子里那家专卖消防业用品的店。说不定他们家会有。"听店家这么一讲，少年醍醐灌顶。还真是！自己为何就没想到这一茬上去！那戏中角色不就是救火的人吗？当然属于消防行业！少年觉得很有道理，于是立即奔赴店家指路的那家消防用品商店。商店内摆着大大小小的消防泵，还有消防队的队标。少年顿时有些胆怯，迟疑再三，最终还是鼓起勇气问道："您家有细腿裤吗？"店家爽快回他："当然有。"并立即取来递给了他。少年一看，倒的确是蓝棉布的细腿裤，可两边的裤腿外侧却各有一条消防专用的红色宽边条纹。他到底没有勇气把这裤子穿出门。无奈，他只好放弃了细腿裤。

　　就算是在弘前这种盛产傻瓜的地方，傻成我这副样子的人也属罕见吧。所以此刻我一边书写，一边陷入了郁闷的情绪中。当时和艺人们一道吃饭的料理店，好像是坐落在一条名叫"榎小路"的花街上。但那毕竟是二十年前的旧事，如今记忆早已模糊。只隐约记得，是官坡下方的榎小路。另外，我满头大汗到处去寻蓝布细腿裤的地方正是土手町，那是城下居住区中最繁华的一条商业街。与之相对，青森花街的名字则叫作浜町。我觉得这名字实在过于普通。在青森，与弘前的土手町类似的那条商业街叫作大町。这名字也同样平淡无奇。接下来，我就把弘前和青森这两座城市的街道名列出来，或许就能清晰展现出两座小城脾性上的区别。弘前市的街道名有：本町、在府町、土手町、住吉町、桶屋町、铜屋町、茶畑町、代官町、萱町、百石町、上鞘师町、下鞘师町、铁炮町、若党町、小人町、鹰匠町、五十石町、绀屋町等。而青森的街道名则是：浜町、新浜町、大町、米町、新町、柳町、寺町、堤町、盐町、蚬贝町、新蚬贝町、浦町、浪町、荣町。

不过呢，我绝不认为弘前市就是高等城市，青森市就是下等城市。类似鹰匠町、绀屋町这种古朴怀旧的街道名，在日本全国的城下居住区中随处可见。的确，弘前市的岩木山比青森市的八甲田山要更为峻秀。然而出生于津轻的小说家葛西善藏，却如此教导同乡晚辈："不可盲目自大！岩木山之所以看上去壮丽秀美，是因为它附近并无高山围绕。你们去看看其他地方，就知道这般模样的高山比比皆是。只是得益于周围并无高山，岩木山才侥幸收获仰慕之情。所以切记，决不能盲目自大呀！"

历史悠久的城下街道在全日本随处可见，数量庞大。却为何只有弘前这里的城下街道住民们执拗于往昔，故步自封呢？和九州、西国、大和等地相比，津轻这片土地简直可以说是一片刚刚开垦出来的新世界，它有什么值得向全日本炫耀的历史呢？放眼近代，就算明治维新时期，这地方可曾出过什么勤王保皇的名人吗？当时这藩府的态度又是如何？说直白些，他们不过是跟随其他藩国，充当墙头草罢了。哪有什么值得炫耀的传统呢？然而，弘前人却仍是端着一副顽固的派头，不论何等强势的对象，他们都念着"此为卑劣之族类，单凭一时武运招摇于世，仅此而已"。并拒不从顺。据说，出生于此地的陆军大将一户兵卫阁下在回乡时，一定会换上和服与哔叽料子的裙裤。因为他知道，倘若一身戎装，乡亲们必然会怒瞪双眼摆起架势，讥讽他："耍什么威风，只不过碰到好运气罢了！"所以他才会换上和服回去。就算这传闻并非完全属实，但弘前的乡民的确总一副大义凛然的模样，多有刺头、一身反骨。没什么好隐瞒的，其实我自己也天生长着这样一根反骨。虽不至于将自身境遇全部推到这反骨上，但拜其所赐，事到如今我还未从集体住宅中脱离出来。几年前，某家杂志社请我写一句"故乡寄语"，于是我回道：

既爱且恨。

说了这么多弘前的坏话，并非因为厌恶她，而是我在反省自身。我是津轻人。我历代的祖先都是津轻藩的百姓。我可算是纯正的津轻血统了。所以我才能如此口无遮拦地数落津轻。倘若其他地方的人轻信了我说的这些坏话，进而瞧不起津轻人，那我恐怕会感到不悦吧，毕竟，我是深爱津轻这片土地的。

弘前市，现有居民一万户，人口五万有余。此处的弘前城和最胜院的五重塔已被认定为国宝。田山花袋曾赞誉：樱花时节的弘前公园有着日本第一的景致。此地还设有弘前师团的司令部。每年阴历七月二十八日至八月一日这三日内，位于津轻灵峰岩木山山顶的奥宫会举行拜山活动，前来参拜的人多达数万，人群往返皆需穿城而过，整个城市热闹非凡……以上内容从弘前城观光指南上基本都能读到。可我却认为，解说弘前市的文字只提到这些，实在是无法令人信服。所以，我努力搜索着年少时的记忆，想要用它们去描写一个鲜活的弘前，可出现在脑海中的却净是些鸡毛蒜皮的琐事。下笔不畅，结果竟然蹦出各种远超意料的恶言，反而把我自己给逼到了绝路。是我太过执着于这座旧津轻藩的古城了。这里明明是我们津轻人灵魂的最终归宿，可我说了这么多，却远没有将这座城市真正的禀性表达清晰。被群樱环绕的天守阁，并不为弘前城所独有。整个日本的城郭基本都被樱花簇拥着，不是吗？而且，只是因为近旁有座栽满樱花的天守阁，就说大鳄温泉保留了津轻余韵，未免太不严密了吧！

　　虽说我刚刚才写下了"只要这座弘前城仍健在，大鳄温泉就不会跪仰大都会之鼻息，啜其残沥，并陷入凌乱宿醉的境地"这样的傻话，可思来想去，一番琢磨后，我看出来了。这不过是我自己堆砌的一番华丽辞藻，为的只是咏叹感伤情绪，仅此而已。一切的一切都是那么的无依无本，直令我畏怯。说到底，还是这城市本身太过懒散了！明明是过往藩主代代久居的旧城，可县厅却被另一座新兴城市抢走。全日本大部分的县厅都建在旧藩的居住区内，可青森县的县厅却不在弘前，这风头竟被青森市给出尽了！我甚至认为此乃整个青森县的悲哀。当然，我对青森市并无成见，这座新兴城市的繁荣也令我感到快活。我只是对弘前感到恨铁不成钢罢了，明明在竞争中败北，却仍旧满不在乎。想要拉败北者一把乃是人之常情。我总想着要帮帮弘前，所以文辞虽拙，却也是绞尽脑汁之作。费了不少功夫才写下这些文字。然而一番折腾下来，我到底未能将弘前最不同凡响的美、最独一无二的优点写出来。我只好再度重申：这里是津轻人灵魂的最终归宿。肯定有非同寻常之处！肯定有遍寻整个日本都见不到的、特殊又出色的传统！我能够确切地感受到那种不凡，但却无法具体描绘出来，骄傲地摆在读者面前，这可真令我万分懊恼，悔恨不已。

我记得，那是一个春日傍晚，当时还在弘前高中念文科的我独自一人造访了弘前城。我站在城内空地的一隅，远眺岩木山。就在这时，我突然察觉，一座梦幻般的城市就在我的脚下铺陈开来。这令我心头震颤。在此之前，我一直以为弘前城是脱离弘前这座城市孤立存在的。可没想到，看啊，在这城池的正下方，有我从未见过的、古朴素雅的街市。市中一排排精致的住宅并肩而立，静默着、暗暗屏息，正如百年前的模样。年少的我仿佛身在梦境之中，不由得深叹一口气，"原来此处竟有这样一座小城啊"。我不禁想起了《万叶集》中常常提到的"隐沼"。不知为何，我在那时突然理解了弘前，也理解了津轻。只要有这一片街市的存在，弘前就绝不会落入平庸的境地。话虽如此，但也仅是我一厢情愿罢了，对于读者来说恐怕只会一头雾水吧。可事到如今，我也只能硬着头皮执拗断言：正是因为弘前城拥有了这处"隐沼"，她才称得上是稀世罕有的名城。只要这"隐沼"之畔繁花相送，雪白的天守阁静穆高耸，那此处必是天下名城。如此，再加上一句：这名城一旁的温泉，也将永不会丧失淳朴气韵的吧。我尝试抱着时下流行的"臆想信念"，和这座深爱的弘前城诀别。想来，评价故乡，就和评价自己的至亲一样是极难的。想要一语中的，道出故乡精神的内核，绝不是件容易的事。真不知道究竟该赞扬，还是该贬损呢？在这本《津轻》的序中，我详尽讲述了关于金木、五所川原、青森、弘前、浅虫、大鳄等地的年少回忆。并且接二连三蹦出言辞多有冒犯的批评字句。可是，我对这六座城市的描写真的准确吗？一想到这一点，我便不可救药地深陷抑郁的情绪之中。或许这是我口出狂言，罪有应得吧。这六座城市是往昔与我最为亲近的地方，她们塑造了我的性格，又决定了我的宿命。或许正因如此，我才会对她们满怀盲目的喜爱。现在我彻底懂了，本人绝不是讲述这些城市的最佳人选。在以下的正文内容中，我将尽量避开不谈这六座城市，转而讲讲津轻的其他地方。

序的开头，我便谈到：某年的春天，我第一次花了约三个星期时间，绕着本州北端的津轻半岛游历了一回。写到这里，总算言归正传了。多亏这次旅行，我得以拜访许多平生从未去过的村镇。在那之前，我真的只知道上文谈及的那六座城市而已。读小学时，我曾远足到过金木附近的几个小村子，可如今，它们并未在我脑海中留下任何深刻的印象。读中学时，一放暑假，我就会回到金木的老家，躺倒在二楼洋式房间的长椅上，一边大口痛饮汽水，一边随手翻阅着哥哥们的藏书。从不出门游玩。

读高中时，一有假期我就会跑去东京找最小的哥哥玩儿（他学的是雕刻，二十七岁不幸去世）。高中毕业后我就去东京念大学了。自那之后，我整整十年都未曾返乡。不得不说，此次的津轻之旅于我来讲称得上是一桩大事。

关于我此次造访的各个村镇的地势、地质、天文、财政、沿革、教育、卫生等方面，我想尽量避免用一副专家模样夸夸其谈，因为就算说了，也不过是了解点皮毛后半瓶水瞎晃而已。倘若有人想要做进一步了解，请咨询当地的专家学者吧。我另有所长，世人或可称其为"爱"。我研究的是人与人的心灵交流。此次旅行，我主攻的就是这一课题。不论从哪一方面切入这一课题，只要将津轻当下的姿态切实地传达给读者，那么这本书作为昭和的津轻风土记，也算及格了吧？唉，但愿能真如我所期啊。

目录

一　巡礼

"我说你呀，为什么要去旅行呢？"

"因为我苦闷啊。"

"你总说自己苦闷，老生常谈了。一点都不可信。"

"正冈子规三十六、尾崎红叶三十七、斋藤绿雨三十八、国木田独步三十八、长冢节三十七、芥川龙之介三十六、家村礒多三十七。"

"你在说什么？"

"在说这些人死时的年龄。人啊就这么一个接一个地死了。我也快到这个岁数了。对于作家来说，这个年龄可是顶重要的……"

"所以，这个年龄就很苦闷？"

"说什么呢？别开玩笑了。你多多少少也该明白我的意思吧？我不会再解释了。再说下去未免太做作。总之，我要去旅行啦。"

大概是年龄到了吧，我总觉得解释自己的情绪是一种十分矫揉造作的行为（而且这解释大抵带着过于文学性的空谈气息），最终就变得没话可说了。

某出版社的一位相熟的编辑之前问过我："要不要写写津轻？"正巧，我自己也希望能在有生之年走遍故乡的每个角落。于是，在某一年春天，我一副乞丐相地从东京出发了。

彼时正值五月，我形容自己"一副乞丐相"，大概太过主观。可即便从客观角度来看，我那一身装束仍旧称不上体面。我连一件西服都没有，只有一身工服。甚至这套工服也并不是去裁缝店定做的，而是家里人将现成的棉布裁剪后染成蓝色，胡乱做成的外套和长裤。所以这身工服看上去也是奇奇怪怪，很不顺眼。布料刚染过色的时候的确是蓝色，可是穿出去两三次后就开始逐渐变色，成了有点发紫的奇怪颜色。这种紫色的衣服，就算女人也得天生丽质才能相称吧。而我身上套着紫色衣裤，还捆着一对绿色人造棉制的护腿，脚踩一双橡胶底白色粗布鞋，头戴一顶人造棉制网球帽……当初的时髦分子，如今就以这副装扮出游，还是生来头一遭。不过我背包里还是藏了贵重物件的：里面收着一件用母亲留下的单层外褂重新缝制的外套，还有件大岛棉的夹衣，以及一条仙台平纹绸的裙裤。因为说不上会遇到什么场合，权当作备用吧。

　　我搭乘的是十七点三十分上野始发的快车。随着夜色渐深，寒气也逐渐逼人。可我只在那件类似夹克外套的外衣里套了两件薄衫而已，长裤里也只剩一条裤衩。可眼下，那些穿着冬季外套，还披着毯子的人都在叽叽歪歪："太冷了！这夜里可怎么熬啊！"我也对这寒冷深感意外。这时节的东京，早有心急者换上了哔叽料子的单衣走在大街上了。是我大意了，竟忘记了东北的寒冷。我尽全力缩手缩脚，将自己拢成个"缩头乌龟"，不断提醒自己："就在这里！灭欲静心的修行就在这里！"可随着天色愈近拂晓，寒气愈发上涌。我便连苦修的念头也都抛到一边，满脑子都是颇为现实和庸俗的欲望：啊啊，好想赶快抵达青森，找家旅馆，盘腿坐到火炉边，痛饮温好的热酒啊！早上八点钟，火车终于抵达青森。因为事先写信知会，所以 T 君来车站接我了。

"我以为你会穿和服来呢。"

"早过时了嘛。"我强打精神和他开玩笑。

T 君还是带着他女儿一起来的。我当时立即意识到：哎呀！我本来应该给这个小孩带点儿伴手礼啊！

"总之先去我家歇歇吧？"

"多谢了。但我今天中午之前要赶去蟹田的 N 君那里。"

"我知道，听 N 先生说过了。他正恭候您光临呢。不过去蟹田的巴士发车前，就先去我家稍作休息吧。"

于是，我那个盘坐炉边大口喝酒的荒唐俗念，竟然奇迹般地实现了。T 君家的火炉烧得极旺，铁壶里正温着一盅酒。

"远道而来，真是辛苦您了。"T 君十分恭敬地对我行礼，又问，"是不是用些啤酒？"

"不，还是清酒更好。"我低声清了清嗓子。

T 君过去曾在我家待过，当时主要负责看管鸡舍。因为我们两人同龄，所以一起玩得很好。我还记得祖母曾批评 T 君："这孩子竟会责骂女佣，真搞不清楚你品性优劣。"后来，T 君去青森念书了，再后来他就在青森市的某家医院工作。据说患者和同事们都很倚仗他。前些年他曾出征去了某个南部的孤岛，去年因病返乡。治好了病，他再次回到了过去曾供职的医院。

"在战地时最开心的事是什么？"

"这个嘛……"T 君立即回答，"当然是喝着满满一杯配给啤酒的时候了。小心再小心地一点点沿着杯子吸溜，中途想停下来稍微喘口气，可是我这嘴根本离不开杯沿。一丝一毫都离不开啊。"

T 君曾经也是个嗜酒之人。但他现在滴酒不沾，不时地还会轻咳两声。

"身体怎么样呢？"T 君很久之前曾经得过肋膜方面的病，后来上战场又复发了。

"这次算是彻底退居二线了。倘若自己从未受病痛困扰，那么在医院照顾病人时很多事情就搞不明白。所以这一次，我也算是获得了些宝贵经验吧。"

"你的德行可是愈发高尚了啊！所以，实话说你这胸疾……"我喝得有点醉，竟班门弄斧，在医生面前侃起了医学，"这胸疾其实就是精神上的疾病。只要忘了就能治好。所以你完全可以偶尔来上一顿好酒的嘛！"

"嗯。是啊，不过我现在这样也刚刚好。"T君笑着说。看来我这番无理取闹的医学理论，在专业人士面前并未得到认可。

"您要不要吃点什么？虽然这时节青森没什么新鲜好鱼。"

"不必了，多谢。"我瞥了一眼桌边的饭菜，"看起来全都很可口哇！让你费心了。但是我眼下还不饿。"

这次来津轻，我下了一个决心——面对食物一定要清心寡欲。我也不是什么圣人，说出这样的话来甚是难为情。但东京人总是食欲旺盛。可能我这人比较古板吧，虽然在我看来，明明腹中饥饿，却仍要口衔牙签佯装饱腹的那些武士自暴自弃的愚蠢做法十分滑稽，可我同时却又很喜欢这样的人。虽说他们其实没必要故意口衔牙签，但其中却蕴含着男人的气概。所谓男人的气概，总会以各种各样滑稽的形态表现出来。听说有些东京人既无气概更无心气，一到了地方上，就极尽夸张地摆出一副穷途末路形状，见人就哭诉自己几乎要饿死。乡下人一听他们这么说，就端出白米饭来，这帮东京人忙不迭拜谢，狼吞虎咽起来。吃完还要将卑微猥琐的笑容堆个满脸，拍着人家马屁追着继续索要："还有什么可吃的？哦，有土豆？太好了，我可好几个月没吃到这么香的土豆了，我还想拿回家一些，您还能再分我点儿吗？"本来，东京人应该也都配得了均量的食物补给才对啊，可单只有那么几个人声称"要饿死了"，着实有些奇怪。也可能是胃口撑太大了吧。总之，他们那副摇尾乞怜、讨要食物的德行实在让人看不下眼。倒不是非要他们为了国家牺牲个人的欲求，可无论到了什么年代，人都得有生而为人的尊严。我听说，就因为东京的少数例外，一到地方上就开始大肆捏造首都如何粮食短缺，导致当地人都开始瞧不起东京人，觉得他们来地方上就是为了抢吃的。我来津轻可不是为了抢吃的。虽然我这身紫色行头的确是一副"乞丐相"，可我乞讨的是真理和爱！绝不乞讨白米饭！为了全东京人的名誉，我愿意用这副演讲的腔调，外加一个夸张亮相，宣布我的决心。我就是带着这一决心来津轻的。要是谁对着我说：嗟！来食白米饭咯，敞开肚皮吃吧，听说东京都吃不上饭的。那么即便他原本是出于好意，我也只会简单吃上一小碗，然后告诉他："可能是习惯了吧，我觉得东京的米饭更好吃。东京那边啊，就连下饭菜也是稍微少一点点就马上发来配给。就是不知何时起，我这胃口逐渐小了，稍微吃点就很饱。不过，倒也正合我意呢。"

然而，我这略显怪僻的心思可以说是全白费了。我在津轻辗转各个熟人家拜访，可没有一家对着我说："嗟！来食白米饭咯，敞开肚皮吃吧！"就连我老家那八十八岁高龄的祖母，都一脸愧疚地对我说"东京那边什么好吃的都有，我想弄些好吃的给你，却不知该做些什么。原想给你吃点酒糟腌黄瓜，可这时节找不到酒糟了"。听她这样讲，我感到幸福极了。可以说，我在津轻见的都是些对食物没那么神经质的老实人。我真要感谢幸运之神的眷顾。也没有人硬是塞给我些吃食或特产，让我带这带那。多亏如此，我在津轻游访一路都是轻装。可当我之后返回东京，却发现家里早就摆满了那些招待过我的人寄来的包裹。这些包裹竟早我一步，等在家里了。真是令我大为吃惊。不过这些都是题外话。总而言之，T君既没有过度劝我吃喝，也只字未提东京的粮食供给状况。我们之间主要聊的话题，还是过去在金木老家一起玩耍的那些回忆。

"说起来，我当时真的是将你看作挚友的啊。"

我这话说得未免太鲁莽、太无礼、太惹人生厌，也太矫揉造作了！这自鸣得意的说辞，简直如同一番蹩脚的表演。话一出口我便如坐针毡。我可真是的，就没别的话说了吗？

"您要这么说，我反而有些不开心呢。"T君十分敏锐地察觉到了，"在金木，我是您家的仆人，您是我的主人。您倘若不这样想，我可就不高兴了。说来也怪，自那时起已过去二十年了，我到现在还时常梦到您的老家金木。在战场上也一样。我曾在梦里突然意识到——完了！忘记喂鸡了！然后又猛地惊醒。"

巴士的发车时间已到，我和T君一同走出家门。身上已经不冷了。外面天气不错，而且我已喝过热酒，别说冷，我额上甚至还渗出了些汗珠。合浦公园的樱花此时已开得十分热闹。青森的街道泛着白，十分干燥……不，我还是谨慎些，尽量不去描述醉眼所见的虚假景象吧。眼下青森市正致力于造船。去乘巴士的途中，我还顺路为中学时代照顾过我的丰田家叔父上了坟。接着就赶到了车站。倘若是过去，我可能就会随口邀请T君："如何？你也和我一道去蟹田吧？"但许是因为如今我长了年岁，多少懂得些人情世故了吧，又或者……算了，这些剖析内心的麻烦解释还是不必有了。总而言之，我们可能都已长大成人了吧。成年人是孤独的，就算彼此喜爱，却又不得不小心翼翼地守着规矩礼仪。为什么我们都是这般如履薄冰呢？答案其实很单纯。因为我们遭受了太多背叛欺骗，也经历了太多的丢人现眼。不要轻信他人，这是从青年到成年必学的第一课。所谓成年，其实正是遭受了背叛的青年。于是，我只有沉默地向前走。突然，T君开口说：

"我明天就去蟹田。搭明早第一班巴士。我们就在N先生家再会吧！"

"医院那边怎么办？"

"明天是周日嘛。"

"哎呀！原来如此！怎么不早说！"

看来，我们身上竟还残留着些许天真的少年气呀。

二　蟹

田

津轻半岛的东海岸，过去便被称为外浜。此地船舶往来频繁，十分热闹。从青森乘巴士出发，沿这条东海岸一路北上，将经过后潟、蓬田、蟹田、平馆、一本木、今别等村镇，最终到达那个以义经传说闻名于世的三厩。整个路程约花费四小时，巴士的终点站就在三厩。从此处沿着海滨小路向北步行三小时，就到了小村龙飞。顾名思义，此处乃是路的尽头。这一片海岬，也正是本州岛最北的一角了。不过这地方最近成了国防要地，所以只好避开不谈它的街道数据和其他一些具体事项。总而言之，这外浜一带包含着津轻最为古老的历史。而蟹田又是外浜之中最大的一片村落。从青森坐巴士，途经后潟、蓬田，约花费一个半小时，不过话是这么说，其实也要接近两小时才能到达此处。这里称得上是外浜的中心，约有一千户人家，人口貌似也超过了五千。蟹田警察局一副刚刚落成的新房模样，整个外浜线看下来，就属这栋警察局新房最为惹眼。蟹田、蓬田、平馆、一本木、今别、三厩……外浜的所有村落都在该警局的管辖范围内。按一位名叫竹内运平的弘前人所著《青森县通史》中的说法，蟹田这片海滨过去曾是砂铁的产地，不过现在早已绝产了。庆长年间修建弘前城时，就是冶炼了这片地方的砂铁作为建筑材料的。宽文九年（1669）虾夷暴动之时，为镇压暴动，甚至在蟹田新造了五艘大船。此外，四代藩主信政在位的元禄年间，此处还被指定为津轻九浦之一，并设有町奉行，主要管理木材出口事宜。以上这般，全是我事后翻找资料才知道的。当时的我其实只知道蟹田盛产螃蟹，还有就是中学时期唯一的朋友N君也住在这儿。我此次遍览津轻，就想去N君家拜访一番，于是提前写好了信。我在信上写道："请不必为我张罗。你就当作不知道我会去，和往常一般即可。绝不要去接我。不过，苹果酒和螃蟹，这两样还需费心。"我虽告诫自己，面对食物要清心寡欲，可是唯有螃蟹例外。我很爱吃螃蟹，这种喜爱很难解释。螃蟹、虾子还有虾蛄，我喜欢的净是这类吃不到什么营养的玩意儿。除此之外，便是爱酒。我明明是个对吃喝毫不动心的爱与真理的使徒，可话说到此，却又暴露出我与生俱来的贪婪心性了。

到了蟹田的 N 君家里，迎接我的是红色猫脚大桌上堆积如山的螃蟹。

"一定要苹果酒吗？清酒或者啤酒不行吗？"N 君有些难以启齿般地问我。

怎么可能不行呢？这两种酒当然都比苹果酒要好呀，可是，我作为一名"成年人"，很清楚清酒和啤酒有多昂贵，出于客气，我才在信上写了想喝苹果酒。据说津轻地区最近都盛产苹果酒，就好似甲州盛产葡萄酒一般。

"当然都可以啦。"我露出一个复杂的微笑。

N 君立刻大松了口气般。

"哎呀，你这么说我就放心了。我其实很不喜欢喝苹果酒的。可我老婆看了你的信之后，说一定是太宰君在东京喝腻了清酒和啤酒，所以想尝尝蕴含故乡风味的苹果酒，于是才在信中这样写的。我们得给他准备苹果酒哇！我却说，不可能的，那家伙才不会喝腻清酒和啤酒呢，他一定只是在故意和我玩客套！"

"不过，您太太说的倒也没错。"

"瞧你说的！算了，不说这个了！先喝清酒，还是啤酒？"

"啤酒就放到后头再喝吧。"我也厚起了脸皮。

"我也觉得这样好些。喂！快上酒，不够热也没关系，赶快端上来。"

何处难忘酒，天涯话旧情。

青云俱不达，白发递相惊。

二十年前别，三千里外行。

此时无一盏，何以叙平生。

（白居易）

读中学时，我从未去别人家玩耍过。但却不知为何总跑去同班的 N 君家里玩儿。N 君当时就寄宿在寺町的一家大酒铺的二楼。我们每天早上都相约一起上学。放学时就沿着海岸的近路，晃晃悠悠回家，就连天上下起雨，我们也不匆忙奔跑，浑身淋得透湿也无所谓，还是优哉游哉地溜达。现在想来，当时我们二人都是从容大方、不拘小节的孩子。或许这一点正是我们友谊深厚的关键吧。我们会在寺庙前的广场上一起跑步，打网球。到了星期日，我们会带着便当去附近的山中游玩。我在早期小说《回忆》中提到的"友人"，基本都指的是N君。N君中学毕业后就去了东京，在某个杂志社工作。我比N君晚了两三年进京念大学，那时起，我们两个人又"再续前缘"了。N君当时住在池袋，我则住在高田马场，虽是如此，我们二人却几乎每天都在一起玩耍。不过这时的玩耍就已经不是打网球或跑步了。N君离开杂志社去了保险公司，但他不拘小节，和我一样总容易上当受骗。然而我这个人每次遭受蒙骗就会变得更阴沉卑微，N君却同我相反，他越是被骗，越是变得自在且开朗。N君真是个不可思议的男人，我真佩服他这种随和的个性。就连我这样一个生性毒舌的友人，也深深折服于他的率真。只能说，他这脾性是"代代相传的祖德"吧。读中学时N君去我在金木的老家玩过，到了东京，他也常去我那个住在户冢的小哥哥家玩儿。所以当我那个哥哥年仅二十七岁便去世时，他特意请了假来帮忙打理，我家中至亲都非常感谢他。后来，N君因要继承老家的碾米家业，于是不得不回归故里。继承家业后，他又凭着自己那不可思议的人望获得了村中青年们的信赖，两三年前便被选为蟹田的町会议员，还成了青年团的分团长和不知道什么会的干事，总之承担起了众多职责。现在他已是蟹田这片地方不可或缺的重要人物了。当晚，N君家还来了两三个年轻有为的当地朋友，我们几个人聚在一起又是清酒又是啤酒地喝着。不过，N君真可说是极受拥戴，称得上是整个宴会的焦点。松尾芭蕉曾在其传于后世的云游戒律之中提到一条：切不可贪杯。纵然盛情难却，赴宴时亦应浅止于微醺。切不可酒后生乱。不过我更赞同《论语》中的那句"酒无量不及乱"。意思是：喝再多的酒都无妨，但不可不逊。于是，我也就故意没去顺从芭蕉翁的教导了。就算喝得烂醉，只要不失礼便无所谓。这不是理所当然的吗！我这个人酒量很不错，甚至胆敢自诩比芭蕉强出数倍。再说，我才不会跑去别人家做客饮酒，结果做出失了礼数的愚蠢行径呢！此时无一盏，何以叙平生啊！于是我便畅快豪饮起来。说到这儿，芭蕉翁的云游戒律之中似乎还有一条：除作俳谐外，切不可杂谈。若叙杂话，便不如假寐休养。这条戒律我也同样没能遵守。要让我们这些凡夫俗子来看，总禁不住怀疑芭蕉翁的云游是跑到地方上宣传他自己的创作去了。

每到一处，他就要召开俳句大会，再办个有芭蕉之门风的地方分部。他怕不是为了做这些才云游的吧。如果身处被学习俳谐的学生簇拥的讲师立场，那倘若不谈俳谐，反而谈些杂事，倒大可以规避，或者一听到杂话便去打盹吧！反正这都是他们的自由。但我这番旅行可绝不是为了开设太宰之门风的地方分部来的。N君也不是为了听我大侃文学才设宴款待我的。而且，那晚上来N君家做客的有为青年，也是出于我和N君的旧交情谊，所以才亲切待我，同席陪酒。如果我竟一本正经地把什么文学精神的存在翻来覆去说个没完，然后一听到他们的杂谈，就倚着壁龛柱子装睡，那未免也太不成样子了。那天晚上，我对文学只字未提。甚至不用东京口音，而是努力得近乎做作地操着一口纯正的津轻腔。而且整晚都是日常琐事、世俗杂谈。那晚我甚至还在闲聊中自称是津轻的津岛叔父糟（津岛修治这个名字是我出生时登记在户籍上的名字。"叔父糟"则是津轻这片地方称呼家中三男或四男时会使用的戏称）。其实在座众人之间，一定有人心下暗想，"他倒也不必用力过猛到这个地步吧"。其实呢，也是我自己暗暗想要趁这次旅行，把我这津岛叔父糟的称号再捡起。身为都市中人，我感到很不安。于是我便想再度回归那个身为津轻人的自己。换句话说，我是为了弄清津轻人的本质究竟是什么，所以才云游津轻的。我想要搜寻到最纯粹的津轻人，充当我生活的范本，所以才云游津轻的。然后，我便不费吹灰之力地发现，这样的人随处可见。倒不是说有哪一位具体的人，或他们有哪些具体的行为。一副乞丐相的贫苦旅人怎能如此自以为是，去评判他人呢？那样做才真是太过失礼了。其实，我并非从每一个人的言行举止，或对我的盛情款待之中发现的。我可不想带着侦探一般毫不松懈的目光周游津轻呢。实话说，我旅途中的大部分时间，都是低垂着头只盯着自己的双脚在赶路。然而，我耳边却时时听闻低语，那低语宛如宿命，而我又深信这宿命。我的发现就是这般无因无形，极度主观。其实，我并不在意谁做了什么，谁又说了什么。这是自然的，我这种人有什么资格好讲究呢！总之，我并未将现实放在心上。"只有从信任之中才能生发出现实，而现实本身又是绝无法令人产生信任的。"这句有些奇怪的话，我曾在自己的旅行手记中写过两次。

我本应谨慎，但总归会不慎抒发些蹩脚的感怀。我思路一团糟，连我自己都屡屡搞不清自己究竟在讲些什么。我还在酒席上说谎。所以啊，我真是讨厌去解释情绪。我总觉得自己所做的虚饰太过好懂，会被人一眼看穿。于是内心始终羞愧难当。明知到时候一定追悔莫及，可一兴奋起来又忍不住硬着舌头语无伦次，净叨叨些内容支离破碎的只言片语。这岂止会令听者对我心怀蔑视，他们甚至都开始怜悯起我了。我想，这也算是我悲惨宿命中的一景吧。

不过，所幸当晚我没有抒发什么拙劣的感怀，虽然违背了芭蕉翁的遗训，但我并未假寐，一整晚都欣赏着眼前最爱的、堆积成小山的螃蟹，快活地叙着杂话，彻夜畅饮。N君那位娇小却干练的太太发现我只是望着那座蟹山，并不动手取来吃，便猜测我是不是嫌剥蟹壳太麻烦，于是便熟练地拆剥起来，又将丰美白润的蟹肉分盛在蟹壳上，蟹肉就仿佛被剥开后又保持了原形的那种香甜清凉的水果般，接二连三递到我眼前诱我动筷。这些蟹恐怕都是当天一大早刚从蟹田浜捕捞上来的吧，蟹肉清冽鲜甜，如同初摘的果实。于是我轻而易举便将饮食清寡的自戒当场抛掷脑后，一连吃了三四只。这晚，N君的太太为大家献上一道又一道佳肴美馔，就连当地人也惊讶于菜品之丰盛。有为青年们离开后，我又和N君从厅内移至茶室续荏。续荏是津轻的方言。它指逢家有喜事，聚到家中庆贺的客人们离开后，只剩几个自家人再就着未吃完的饭菜小聚小酌，以作慰劳。又或许，这个词只是"续杯"①的讹音吧。N 君的酒量更胜我一筹，所以我二人都不担心会酒后失态。

"但是你这个人啊，"我深深叹了口气。"还是老样子，这么能喝酒。不过也难怪，你毕竟是我的师父嘛。"

说实话，教我学喝酒的正是这位 N 君。千真万确。

"嗯。"N 君手里攥着酒杯，一本正经地点点头，"关于这件事儿，我可是考虑过很多次的。每次你喝酒误事，我总会感到自责，这实在令我难受。不过啊，最近我又换了个思路。我就告诉自己，那家伙啊，不用我教，他自己早晚也要学会喝酒的。所以可不干我事。"

"是呀，就是这么回事！你无须自责，你现在这个想法才是对的嘛！"

聊到最后，连 N 君的太太也入席，我们又聊起了两家小孩的事，正悠然续茬时，突闻一声鸡鸣，原来已是破晓，我们才恍然吃了一惊，匆匆睡下。

---

① 续杯（後引き）：读作"atobiki"。

翌日早上一睁开眼，就听到从青森赶来的 T 君的说话声。他如约搭乘最早一班巴士到了蟹田。我急忙起身。有 T 君在，我总感到十分心安，踏实。T 君还带了一位青森医院的同事，听说他很爱读小说。此外，青森医院蟹田分院的事务长 S 先生也来了。我洗脸时，又从三厩的今别来了一位喜欢读小说的年轻人 M。他从 N 君那里听说我人在蟹田，于是面带羞赧的微笑造访了 N 君家。这位 M 先生和 N 君、T 君以及 S 先生似乎早就相熟。他们几人似乎已经商量好了，接下来要一起去蟹田的山中赏花。

今日去观澜山。我依旧穿着那件紫色外套，缠着绿色绑腿出门了。不过我这副打扮属实没什么必要。要爬的山就在离蟹田町不远的地方，只是个高度不足百米的小山包。不过这山上的视野的确不错。当日天气上好，阳光耀眼，近似无风。远眺可以看到青森湾对面的夏泊岬。而且，就连隔着平馆海峡的下北半岛都仿佛触手可及。说到这东北的海，在南方人的想象中大抵都是晦暗险恶、怒涛逆卷的模样吧。但蟹田附近的大海却是极为温和的，海水的颜色十分清淡，水中所含盐分似乎也很少，就连海潮的气息都是似有若无。融化的雪水会流入这片海，所以它仿若湖水。水深涉及国防，不宜提及，海浪终日不休，轻抚着沙滩。滩涂边架着许多渔网，这里一年四季都能轻松捕到各色海鲜，其中不止有螃蟹，还有乌贼、鲽鱼、青花鱼、沙丁鱼、鳕鱼、鲅鳒等。这座小城容貌一如往昔，每天一大早，卖鱼人就用推车推着满满一车鲜鱼，扯着嗓子气势十足地吼着："有乌贼来有鲭鱼嘞！鲅鳒再加青石斑噢！鲈鱼还有黄鱼喂！"四处兜售。而且这边的鱼贩就只卖当天现捕的鱼，绝不卖前一日剩下的。那剩下的或许是运到别的地方了吧。所以，此处的人都是只吃当日的鲜鱼。但倘若海情不佳，哪怕渔民仅一日没有出海，整个蟹田都会连一条鱼都找不见。于是村里人就只好吃些鱼干和山野菜。不单蟹田如此，外浜一带的渔村，甚至都不限于外浜，包括津轻西海岸的那些渔村都是一样的。此外，蟹田这片地方也盛产山野菜。它虽是海滨小村，但既有平原也有山丘。津轻半岛的东海岸山势直逼海滨，所以平原较为匮乏，就连能用来开垦为田地的山侧斜坡都少得可怜。可翻过那座山，另一面的人们却生活在津轻半岛西部广阔的津轻平原上。所以，他们会称外浜为"阴"（山的阴面），其中多少带着点同情的成分。不过，只有蟹田拥有着绝不逊色于西部的肥沃原野。所以蟹田人倘若知道西部人在同情自己，估计只会被逗笑吧。蟹田的土地上潺潺淌着一条流速柔缓、水量丰沛的蟹田河。广阔的田地便临河展开，受其恩泽。不过这个地方总是吹着强劲的东风西风，所以时常会遭遇歉收的年景。话虽如此，但此处绝没有西部居民们想象中那般贫瘠。从观澜山俯瞰，水量充沛的蟹田川宛如一条长蛇，蜿蜒流淌。河两侧犁好的水田铺展开来，一派富饶繁荣。这座山坐落于奥羽山脉的支脉——梵珠山脉上。这条山脉从津轻半岛的底边向北延伸，一直行至半岛尽头的龙飞岬，方才又没入海中。一连串海拔从两百到三四百米的低矮山丘起伏排列，而位于观澜山正西边的那座苍郁耸立的大仓岳，则同这山脉中的另一座山——增川岳，并列为该山脉最高的山峰。虽说是最高，海拔其实也就只有七百米左右。不过一些实用主义者倒是振振有词："山不在高，有树为贵嘛。"所以津轻人倒也没什么必要为本地山脉低矮这种事感到难为情了。这山脉是国内屈指可数的扁柏产地。其实，自古以来值得津轻人骄傲的传统名产就是这扁柏，根本不是什么苹果一类的东西。苹果是在明治初年才从美国人那儿拿来种子进行试种的一种作物。到了明治二三十年代（1887—1906），又从一位法国的传教士那儿学到了法式剪枝法，终于效果斐然，大有收获。于是地方民众便纷纷开始栽培起了苹果树。而苹果作为青森名产广为人知，这已经是大正年间的事儿了。这苹果虽不至于像东京的雷门糯米糖或者桑名的烤文蛤那般没有底蕴，但是和纪州蜜橘比起来，历史可就要浅薄许多了。关东、关西人一提到津轻立马想到苹果，可是却很少有人知道此处还生产扁柏。其实津轻山中草木葱郁繁盛，即便到了冬季，仍旧绿意盎然。或许"青森"这个名字就来源于此吧。此处自古以来也是日本三大林地之一，在昭和四年（1929）版的《日本地理风俗大系》中曾提到：

此津轻大森林乃是津轻藩祖为信所留之遗业，自那时以来，此处遵严格整然之制度，草木更是培育得苍翠繁茂。被称为我国林业之典范。天和、贞享年间，于津轻半岛处，沿日本海岸沙丘每隔数里则栽植一片林木，用以抵御海风。同时，斥资开拓岩木川下流地区之荒地。此后，藩内便厉行此方针，锐意植林。最终于宽永年间获得屏风树林，有此林木为屏，又得以开垦良田八千三百余町步①。自此，藩内各地大举造林，最终收获百余处优良林木。至明治年间，官家再

① 町步：日本以"町"为单位计算山林、田地面积。

重造林，故青森县扁柏林获好评如潮，人人称奇。此地木材适于各类土木工程建筑，尤有耐潮湿之特性。因此地木材产量丰厚，运输较便捷，故备受重视，年产额竟至八十万石[①]。

因为这本书出版于昭和四年，所以现在的产额恐怕早已是当时的三倍了吧。不过以上只是对整个津轻地区的扁柏林进行的记录，所以并不能完全令蟹田引以为傲。但从观澜山眺望到的一片片绿意繁茂的山川，是这津轻最为优秀的森林地带。就连前面提到的《日本地理风俗大系》上，也登载着一大张蟹田川河口的照片。照片的相关说明如下：

蟹田川附近是被誉为日本三大林地之一的扁柏国有林。此处作为林木运输港口，大为繁盛。森林铁路自此处起离岸入山，每日有大量木材运至此地。故当地木材以价廉物美广为人知。

---

① 石：容积单位，用于量大米等粮食，一石＝十斗，约180升。过去也用于衡量大名与武士的俸禄量。

写到这个地步，蟹田人难道还不该感到骄傲吗？而且这津轻半岛的脊梁——梵珠山脉，可不仅仅生产扁柏，山脉中还生长着杉树、山毛榉、栎树、连香树、橡树、落叶松等木材。除此之外，山中野菜同样种类繁多。津轻半岛西部的金木地区虽也盛产野菜，但在蟹田，蕨菜、紫萁、土当归、竹笋、蜂斗菜、蓟菜、蘑菇等野菜在附近的山麓就能够轻松采摘到。可以说，这蟹田町水田旱田皆具，更是不乏山珍海味。以上文字，可以说是为读者描绘出了一幅桃花源景吧。话虽如此，但从观澜山俯瞰蟹田町，却只能感受到一阵阵的无精打采。至此为止，我对蟹田的夸赞似乎过犹不及。那么接下来我要说些坏话了，反正美言那么多，蟹田人也不至于因为几句坏话就揍我一顿吧？蟹田人都很温和。虽说温和是种美德，但町民过于没精神，导致整个城镇都变得慵懒起来，这会使如我一般的旅客感到有些恐惧。我甚至觉得，大自然的丰富馈赠是否在此地起了反作用，才导致这片土地毫无干劲呢？毕竟，蟹田太过平静且沉郁了。就连河口附近的防波堤，看上去也只建了一半，就扔下没人管了。为了投建新房于是犁好了地，结果也是没了下文。家没建成，反倒在红土空地上种了些南瓜。观澜山上虽不至于俯瞰以上全部，但是蟹田这地方半途而废的工地实在太多了吧！这里该不会住着些有意阻挠地区进步的陈腐谋士吧？听到我的这番质疑，N君这位年轻的町议员苦笑着连连道："别提了，别提了。"士族经商，文人论政，这可都是大忌。我这番关于蟹田地区政策的多嘴质问，最终也以专业町议员的一阵苦笑而愚蠢收场。

提到这个，我立马想起了德加曾经也闹出过的笑话。法国画坛的大师埃德加·德加曾在巴黎某个歌舞剧院的走廊偶与大政治家克列孟梭坐在同一张长椅上。德加毫不见外地对着这位大政治家高谈阔论，大聊自己的政治抱负，甚是激动："我要是做了首相，一定会深感责任之重大。我会为此斩断七情六欲，选择去过一种宛如苦行僧般简单质朴的生活。我会在工作地点附近租下一幢公寓五楼的狭小房间，这房间仅有一张桌子和一架简陋的铁床。从工作地点下班回来，我要在这桌边继续整理白天未完的公务，直到深夜。待睡意袭来，我便不脱衣服鞋袜，就那么倒在床上睡下。第二天早上一醒过来，我立即起身，站着吃颗蛋，再喝些汤，然后拿起公文包就去上班。我一定要过这样的生活！"而克列孟梭呢，他一言不发，似乎被对方的一番话惊呆，那双眼泛着轻蔑的神色，目不转睛地盯着这位画坛巨擘的脸。德加也在这一番眼神之中感到无地自容。他似乎对这件事感到极为羞耻，所以这段贻笑大方的往事一直无人知晓，直到又过去十五年，他才偷偷告诉了自己为数不多的几个朋友中最最亲密的好友瓦莱里。在漫长的十五年间，他竟然始终将此事深深掩埋。由此看来，就算是桀骜不驯的名家，也会被职业政治家那无意识间流露出的轻蔑眼神所击倒，直令其悔恨到骨子里。想到这儿，我心中不由得涌起一阵同情。艺术家们一旦谈论政治，就会令自己受伤，德加就是个典型例子。而我这区区一介穷酸文人，看来也只有聊聊观澜山的樱花或与津轻朋友们的友情，才比较稳妥了。

出行前一天，吹起了很强的西风。N 君家的拉门一直在摇晃。于是我自作聪明地评价道："蟹田可真是个常刮风的城市。"结果今天的蟹田町就仿佛在嘲讽前一天擅自发表言论的我，变得安稳晴朗。就连一丝微风也无。观澜山的樱花此时应在最盛期，她们恬静、淡雅地盛开着。不能用"烂漫"二字来形容，因为那花瓣薄如蝉翼般极尽透明，情态怯懦，宛如被雪洗礼过后才绽放开来一般。我甚至在想，这可能是其他品种的樱花吧。

她们气质如此幽玄，或许诺瓦利斯心中的蓝花便是这般模样了。

我们一行人在樱花树下的草地上盘腿坐下。打开了野餐盒。野餐的菜品同样出自 N 君太太之手。除此之外，还有满满一竹笼的螃蟹、虾蛄。当然，还有啤酒。我尽可能地用看上去还算有教养的姿势剥掉虾蛄壳，又啃食螃蟹腿，还大啖起野餐盒里的佳肴。其中有一道菜品，是在长枪乌贼身体里塞满透明的卵，然后蘸了酱油烧熟，再切成厚片，我实在太爱吃了。退伍军人 T 君喊着"好热，好热"，然后脱了上衣裸着半个身子站起来，开始做起了军队体操。他将手帕卷成头巾缠在额头上，那黝黑的脸庞看起来有点像缅甸的军官巴莫。

那天聚到一起的几个人虽然热情程度各有差别，但是都表现出想听我聊聊小说的兴趣来。我也尽量有问必答。这也是遵循了芭蕉行脚之时的戒律之一："有问必有答。"不过呢，另一条更重大的戒律却被我完美无视了。即勿以他人之短，以显一己之长。讥讽他人，自夸自赞，尤为不堪。我则是一不小心，就犯了这"不堪"的戒。虽然芭蕉自己大抵也曾说过其他俳门的坏话吧，但也不至于如我这般，毫无节制，横挑鼻子竖挑眼地谩骂其他小说家。嘻，我竟做了如此卑劣无耻之事！他们问到日本某位五十多岁的作家作品如何，我一顺嘴就回答"不怎么样"。近来，东京的读书人似乎十分青睐这位作家，甚至到了近乎敬畏的程度了。甚至还有人给这位作家封了神，如今竟有这样一股风潮：表现得很爱读这位作家的书，就能证明自己作为读书人的审美如何高尚。这真可以说是"偏爱害人"，说不定那位作家也感到烦恼，苦笑连连呢。

不过，我过去曾领教过这位作家的威严气质，于是出于我这津轻人的愚昧心性，便回答："那人文笔很不入流，不过是凭运气才受追捧罢了。"我独自沉浸在这想当然之中，坚决不愿坦率跟随风潮。直到最近，我又将那位作家的大部分作品重新读过，忍不住由衷感到其文采斐然。但同时，我却也并未感受到有任何别具一格的高尚趣味，我反倒认为，薄情下流才是这位作家的长处所在。他笔下的世界也充斥着抠门的小市民毫无意义的装腔作势、喜怒哀乐。作品的主人公有时会为自己的生存方式做些"良心"上的反省，可是一写到这些，文字就显得极为老套。要是反省得如此令人嫌恶，那还不如不反省比较好了！总之，他愈是想从"文学性"的青涩气息中脱身，就愈是离不开这种青涩感，真是格局狭窄。出乎意料地，作者在文中常安排不少诙谐桥段，可是总感觉他每次打趣都好似放不下自己的身段，又好似他脑子里总有一根无聊的神经过于活跃，闹得读者根本无法放松发笑。

我听闻有人评价他这是"贵族式"的写法，真是幼稚啊！这叫什么"贵族式"呢？看来的确是"偏爱害人"了。所谓贵族，应是不拘小节到了邋遢散漫的地步才是。法国大革命期间，暴徒们冲进国王的寝宫。当时的法国国王路易十六虽是个昏君，但也放声大笑，冷不防从其中一个暴徒头上抢走革命帽，戴到自己的头上，高喊起了"法兰西万岁"。那一群嗜血的暴徒都被这浑然天成、不可思议的气质所打动，不由自主地跟着国王一起大呼"法兰西万岁"，最终未碰国王一根寒毛，就纷纷从国王的寝宫退去。真正的贵族，就应该拥有这般天真烂漫的气质。那种抿紧了嘴唇，拢紧了衣领的做派，一般都是贵族的仆人常有的类型。以后可不能再把"贵族式"这种可悲的词汇用在那位作家身上了。

那天在蟹田观澜山一道喝啤酒的人们，大抵都很景仰那位五十多岁的作家，净追着我问有关那位作家的各种事。于是我终于忍不住破了芭蕉的云游戒律，倾吐出了以上诸多恶言。一旦开了个头，我就逐渐亢奋了起来，进而横挑鼻子竖挑眼地批判起来。最后甚至离题万里，扯起了什么"贵族式"。于是，在座诸君无人与我产生丝毫共鸣。

"什么贵族式，我们之中可没人说到这个愚蠢的字眼呢。"从今别赶过来的 M 先生一脸疑惑地喃喃自语道。看上去似乎是对我这醉汉的鲁莽狂言感到无奈。其他几个人也互相交换眼色，发出些讥笑声。

"总而言之吧……"我用近乎悲鸣的声音说。啊，真不该说前辈作家的坏话啊。

"……就是不能被那副男子汉气概所迷惑！路易十六可是史上罕见的丑男呢。"我可算是彻底离题了。

"不过，那位作家的作品，我还是很喜欢的。"M 先生干脆地表达着自我主张。

"在日本，那位作家的作品应该算不错的吧？"青森医院的 H 先生彬彬有礼地打着圆场。

我的立场愈发岌岌可危了。

"那个嘛……可能确实还算不错吧。但是，你们这帮人当着我的面，却对我的作品只字不提，也太过分了吧？"我笑着说出了心里话。

大家也都笑了。就是现在！我赶紧顺坡下驴——

"我的作品虽然写得乱七八糟，但是我这人可是有远大理想的。这理想太过沉重，于是搞得我现在一副踉踉跄跄的姿态。在你们眼中，我看上去是一副邋里邋遢、肮脏呆傻的模样。但是我深知真正的高雅为何物。就算是端出松叶形状的干点心，又在青瓷壶中养着水仙，于我来讲都不算什么高雅。那只能说是暴发户审美，很没礼貌！真正的高雅，是在沉甸甸的纯黑色岩石上摆一朵白菊花。花朵的底座必须是一大块岩石才行。那才称得上是真正的高雅呢！你们这些人啊，年纪还轻，所以会觉得那种类似以金属丝支撑的康乃馨插于杯中的女学生一般的抒情感怀，就是艺术情调了，对吧？"

这简直是一番暴言。芭蕉云游的这句戒律——"勿以他人之短，以显一己之长。讥讽他人，自夸自赞，尤为不堪"——宛如一条严肃的真理。我的确是太不堪了，因为有此不堪的恶习，所以我在东京的文坛之中也净闹些不快，大家都当我是个肮脏的蠢货，对我唯恐避之不及。

"嘻，没办法啊！"我两手在后背的地上一撑，仰面望天，"我的作品实在是太差啦。再说什么都没用啦。不过你们对我作品的认可要是能到那个作家的十分之一不也行嘛。就是因为你们一点都不认可我的工作，我才口无遮拦地念叨了这么多呢。快认可一下我嘛，二十分之一也行啊，拜托你们啦。"

大家笑得前仰后合。我被大家这样笑，心情也总算放松了下来。蟹田分院的事务长 S 先生站起来说：

"咱们差不多可以换个地方了，如何呀？"

那口吻充满了饱经世故者的仁慈。他说已经在蟹田町最大的 E 旅馆为我们准备好了午饭。"这合适吗？"我用询问的眼神看着 T 君。

"当然，那就感谢您的招待了。"T 君站起身，一边穿着上衣一边说道，"我们可是计划了很久的。听说 S 先生有配给的上等好酒，我们接下来就去品尝一下吧！总不能一直让 N 先生招待我们呀。"

我十分乖顺地听从了 T 君的话。我曾说过，只要 T 君在身边，我的内心就十分安稳。

E旅馆装点得非常豪华。房间的壁龛十分精致，厕所也很干净。就算独自旅行到了这里，也能过上不错的一晚。总的来讲，津轻半岛东海岸的旅馆要比西海岸更高级些。或许是因为这里自古便需接待许多外地的旅客吧。以前想要到北海道去，必须先由三厩搭船前往，所以这片外浜的街道才自早到晚对全国的宾客迎来送往。旅馆的午饭也有螃蟹。

不知谁说了一句："这里真不愧是蟹田啊。"

T君喝不了酒，于是他先独自吃起饭来。其他几个人都喝起了S提供的上等好酒，准备稍后再用餐。随着酒劲渐长，S的情绪也逐渐高昂起来。

"我这个人啊，不管是谁的小说，我都很喜欢！读了之后我觉得都很有趣。每个人都写得很好。所以呀，我这个人太喜欢小说家了，喜欢得不得了哇。不论什么样的小说家，我都特别特别特别喜欢。我家儿子现在三岁了，我就非常想让他以后当个小说家。所以呢，我给他起名叫文男。文学的文，男人的男。我觉得他呀，头型好像和您有点像。恕我直言，你们都是那种宽宽扁扁的脑壳。"

我竟然是个宽脑壳？这还是头一回听说。关于自己外貌之中的各色缺点，我本以为自己早已了如指掌。结果却始终没发现自己连头型都这么奇怪。我突然意识到，自己身上是不是还有很多尚未发现的缺点呢？而且当时正赶上我才说过其他作家的坏话，这令我突然深感不安。S先生却更加兴致高昂起来：

"怎么样，酒也快喝光了，接下来请您赏个光，去我家里坐坐吧。好吗？稍坐个一小会儿就好。请您见见我老婆，还有儿子文男。拜托您了。要是您想喝苹果酒，那蟹田这地方可遍地都是呢！请您来我家喝苹果酒吧，好吗？"

他虽极度热情地邀我去他家，可是自打听说自己是个宽脑壳，我就沮丧得要命，恨不得赶紧回N君家睡上一觉了。要是去了S先生家，别说脑壳了，就连脑子里想着什么可能都要被识破，到时候说不定还会被人家辱骂呢！想到这儿，我的心情愈发沉重了。于是我照例用询问的眼神看着T君。我已经做好了心理准备，要是T君让我去，那我也只好听他的了。而T君呢，一副认真的表情回答说：

"不妨去坐坐吧。S 先生很少喝得像今天这么醉呢。他已经期待很久了，就等着你光临呢。"

我于是决定还是去坐坐了。宽脑壳的事情先暂且不想了。我换了个思路，权当那是 S 先生的风趣幽默算了。怎么说呢，就算对自己的容貌没有自信，也别总在这些无聊事上烦恼吧。其实不单是容貌，我现在最最欠缺的可能是"自信"。

到了 S 先生家，他便显露出津轻人的本性，开始了暴风骤雨般热情的张罗。虽同为津轻人，我也还是有些招架不住。S 先生一走进屋，就开始对他太太没完没了地吩咐起来：

"喂，我带东京来的客人回家了，人家可算愿意赏光来咱家坐坐。这位就是我跟你提过的，那位太宰先生。怎么不打招呼！赶紧出来迎接贵客呀。然后去拿清酒。对了，清酒刚刚已经喝过了，去拿苹果酒。你说什么？只剩一升了？太少了！再买两升回来！等等！把晾在房檐上的鳕鱼干蒸一下。等等！得先用锤子锤软了才能蒸嘛。等等！你这锤法怎么像话，让我来！鳕鱼干得要这样锤，这样锤，啊！好疼！算了，总之就这样锤就对了。喂！拿酱油来。鳕鱼干不蘸酱油怎么行！杯子还差一个，不对，还差两个。赶紧拿来啊！等等！我看这个喝茶的碗也能用，来！大家干杯！干杯！喂，你再去买两升酒呀。等等！把儿子叫来。我给太宰先生看看，这小子将来能不能当小说家。您请看他这个头型，这又宽又扁的形状，是不是和您的脑壳很像呀。真好真好！喂，让这小子去一边儿吧，太吵了，烦得很。把这脏兮兮的娃子领到客人眼前成何体统！搞得像个暴发户！赶紧再去买两升苹果酒去。不然客人都要跑了。等等！你留在这儿伺候客人吧。来！快给大家斟酒。苹果酒就拜托隔壁的大婶去买吧。大婶不是想要点儿糖嘛，就匀给她一些呗。等等！不能分糖给她！咱家的糖都得送给东京来的贵客。知道了没有！可不能忘了！全部，全部送给贵客！用报纸先包一层，然后再用油纸包一层，拿绳子系好送给客人。怎么能让孩子哭啊！多没礼貌！搞得像个暴发户一样！贵族可不干这种事。等等！糖就等客人快回去的时候弄就好了。放音乐、音乐！把唱片放起来，舒伯特、肖邦、巴赫，谁的都行，放点声音出来。等等！这放的什么玩意儿？巴赫？算了别放了！吵得很，根本没法聊天。找张安静点儿的唱片放呀。等等！没吃的了啊！炸点鲹鲦鱼吧。蘸料可是咱家的一绝呢，不知道合不合客人的胃口。等等！要炸鲹鲦，还要再做点味噌蛋棒烧！这道菜可是只有在津轻才能吃到呢。对对，味噌蛋，就要味噌蛋，味噌蛋味噌蛋。"

以上这一大段描写，我可绝没用丝毫夸张的手法。这暴风骤雨般的待客之道，就是津轻人的一种热情的表现。所谓鳕鱼干，就是将大只的鳕鱼挂在风雪之中冷冻成干。这种食物口味清丽淡雅，芭蕉或许也会喜爱吧。在 S 先生家的房檐边挂着五六片鳕鱼干。S 先生摇摇晃晃地站起身，扯下来两三片，然后又用锤子一顿乱锤，其间不慎砸到了自己左手的拇指，于是他又跌坐在地，爬着给我们每一个人倒起了酒。我终于明白，宽脑壳这个事情，绝不是 S 先生在对着我打趣，当然，也不是图什么幽默。S 先生是发自内心地崇拜拥有宽脑壳的人，他貌似是认为这种头型真的很出色。可见其津轻人的愚直可爱。然后就到了他一迭声喊味噌蛋的当口，关于这种味噌蛋棒烧，我觉得还是有必要和读者们稍微解释一下的。在津轻，不管是牛肉锅还是鸡肉锅，都被称作牛肉棒烧、鸡肉棒烧。这个"棒烧"其实就是贝（壳）烧的谐音。虽然现在已经罕有这种做法了，但是在我小时候，津轻这儿一般都会用较大只的扇贝壳来煮肉。之所以如此，大概是因为人们深信这样煮或许能从贝壳里再析出一些风味吧。总而言之，这可能是此处的原住民——阿依努民族遗留下来的习惯。我们这些人都是吃着这种棒烧长大的。味噌蛋棒烧就是用这种贝壳作容器，加味噌和木鱼花熬煮，然后再打个鸡蛋就能吃了，可以说是一种很原始的料理方法。其实，这道菜一般是给病人吃的。当人生病了吃不下饭的时候，就把这道味噌蛋棒烧浇在粥上拿给病人吃。不过，它的确也是津轻特有的一道菜品。S先生就是想到了这一点，所以才连连嚷着要我尝尝。我对着S夫人再三推辞，说自己实在是吃不下了，这才离开了S先生的家。

写到这里，我想请读者们注意一件事：那一天S先生招待宾客的方式，正是津轻人表达热情的一种做法。而且，还是地地道道的津轻人才做得出来的。其实，换作是我，做法也会和S先生完全一样的，所以我才会毫无遮拦地写出来。如果有远方的朋友大驾光临，我会瞬间变得手足无措。就只会兴奋激动得原地乱晃，甚至还曾经一头撞到灯上，结果把灯罩给撞碎了。要是饭吃到一半，有稀客来访，我会立马扔下筷子，嘴里还嚼着饭菜就要跑去大门口迎接，结果闹得客人连连皱眉。我没法把客人扔在一边让人家干等着，然后自己心安理得地先吃饭。这花招我耍不出来。于是就变成和S先生一样，一心想着要尽善尽美，于是忙着把家里的好东西统统搬出来用作招待，结果反而令客人瞠目结舌，最后自己还要为自己的一系列失礼行径去向客人道歉。撕碎献上、蒸熟献上、摘下来献上，甚至连自己的命都恨不得献上……这种热情，在关东、关西人眼中反而是一种既无礼又蛮横的表现，所以他们会选择敬而远之吧，从S身上，我似乎看到了自己的宿命。于是在回去的路上，我对S产生了一种深切的依恋与怜惜。津轻人的这种热情的表现，似乎应该再掺水冲淡一些服下才正好，否则那些外地人恐怕很难接受。东京人嘛，一般只会奇奇怪怪地装腔作势，一道一道慢条斯理地上菜款待。我呢，尽管没有端什么"无盐平菇"①给客人，但也曾像木曾义仲般，展现出了过度的热情，一个劲儿地催促客人"快吃啊快吃啊"②。还不知道被东京那些傲慢的风流人士蔑视过多少回了呢！

后来我听说，S先生在酒局之后的整整一星期，一想起那天的味噌蛋就羞耻得一个劲儿灌闷酒。毕竟他比一般人还要更加腼腆、敏感呢。这其实也是津轻人的一大特征。地道的津轻

---

① 出典见《平家物语·猫间》，讲述战国武将木曾义仲在招待某公卿时，因误以为"无盐"就是"新鲜"的意思，于是吩咐端上"无盐的平菇"给客人食用。

② 出典同上，木曾义仲招待公卿时端给对方一口大碗，饭食盛得满满当当。对方吃不下，木曾义仲便急着催促："快吃啊快吃啊。"

人平日绝不是什么野蛮粗鲁的家伙。他们其实要比那些半吊子的城里人还要优雅、细致得多。不过，这种压抑的性情有时会突然彻底崩溃，闹得他们自己也不知如何是好，于是搞出了"这里有无盐平菇，快尝尝"的笑话来，结果惹得那些瞧不上他们的都市人频频皱眉。听说Ｓ先生第二天垂头丧气地喝着酒，正巧有一朋友来访。

"怎么样，是不是被夫人训斥了？"朋友笑着问他。

Ｓ先生羞赧得宛如一个黄花大闺女：

"没，还没骂呢。"

看来他早已是做好了挨骂的准备。

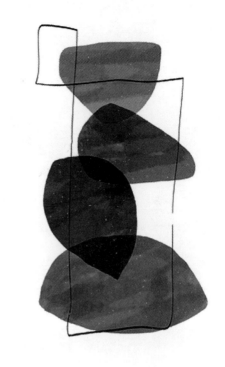

三　外浜

离开 S 先生家之后回到 N 君家。我们二人又喝起了啤酒。当晚 T 君也决定在 N 君家里过夜。我们三个人一同睡在里屋。不过第二天一早，我们都还在熟睡时，T 君就早早赶回了青森，看样子是工作繁忙。

　　"他咳嗽了，对吧？"

　　T 君起床整理的时候，轻轻地咳了两声，我当时虽还在睡着，但是却听在耳朵里，顿时悲从中来。于是，起床后我便立即问了 N 君。

　　"嗯，确实咳嗽了。" N 君表情很严肃，一边穿着裤子一边回答我。

　　所谓的酒鬼，没喝酒的时候一般表情都非常严肃。不，可能还不光是表情。他们的内心也会逐渐变得严肃起来。"听他咳嗽的声音，感觉不太妙啊。"看来，N君当时虽然也在睡梦中，却同我一样听到了T君的咳嗽。

"全靠意志力去控制了。"N君用冷淡的语气说了一句，然后系上了裤腰带，"我们现在不是都已经治好了吗？"

N君和我都曾经和呼吸器官的相关疾病斗争了很久。N君曾患有严重的哮喘，不过看样子现在已经彻底痊愈了。

这段旅行出发前，我曾接受约稿，答应在一份专门发行于满洲军队内的杂志上刊登一篇短篇小说，截稿日就在这两天了。于是，当天和第二天的一整天，我都借用N君家的里屋写稿子。N君这两天也跑去另一个房间的精米工厂上班。第二天的傍晚，N君走进我赶稿的房间里。

"你快写完了吗？应该写完两三页纸了吧？我再工作个一小时应该也能做完。我这两天把一周的工作都做完了。一想到做完了就能和你去玩儿，我立即干劲十足，工作效率一下子高了许多。还差一点了，我再最后冲刺一把就能完成。"

说完这些话，他立即离开了。可是刚过去不到十分钟，他又跑来我房间。

"写完了吗？我还差一点就干完了。这阵子机器的状态也不错呢。你是不是还没见过我们家的精米厂呀？厂房很脏的，还是不去看比较好。啊呀，加油啊！我就在工厂里哦。"说罢他便又走了。饶是迟钝如我，说到这个地步也突然意识到——N君一定是想让我去看看他在工厂努力工作的风采吧。所以他其实是暗示我：马上工作就要做完了，趁我没做完之前来看看吧。我察觉到了他的用意，不由得露出一个微笑。我急忙整理了一下稿子，走到马路对面那座精米厂之中。N君身穿一件补丁摞补丁的灯芯绒上衣，两手背在身后，站在巨大的精米机边上，正目不转睛地盯着飞速旋转的机器。

"真热闹呀！"我大喊了一声。

N君转头看到我，高兴地笑了。

"你写完稿子啦？太好了。我马上也做完了。快进来吧，直接穿着木屐就行。"

话是这么说，我也不至于没心没肺到直接穿着木屐就走进厂房里。N君脚上穿的可是干净的草鞋。但是我环视了周围一圈，却没发现有多余的草鞋。于是我只好站在工厂的门口傻笑。本想着，干脆光脚走进去算了。可是转念一想，这举动感觉既夸张又伪善，反而会令 N 君感到过意不去的吧。于是我也没有光脚。我这个人啊，一做些符合常理的好事，就总是极度扭捏，这算是我的一个坏习惯了。

"好大一台机器！你真厉害，一个人就操作得了哇。"我这并不是在奉承 N 君。而是因为我知道 N 君和我一样，科学知识的储备并不丰厚。

"不，这个操作起来很简单的。只要这样扳动开关——"他一边说着，一边扭动好几个开关，随心所欲地操作这台巨大的机器，演示让运转暂停、让谷糠仿佛下雪般喷出、让脱好皮的米宛如瀑布般撒落下来等各种功能。

忽然，我注意到工厂正中间的柱子上贴着一张小小的海报。一个脸型呈壶状的男人盘腿坐着，挽着袖口端着一个大酒杯，那大酒杯里还盛着房屋和仓库。而在这幅奇妙的画下面，印着一行说明："嗜酒倾家荡产。"我目不转睛地盯着那张海报看，N 君也注意到了我的视线，望着我咧嘴笑了。我也笑了起来。我们俩这属于各自知错的讪笑。"可是也确实没辙啊。"我突然觉得把这样一张海报贴到柱子上的 N 君很可爱，谁会讨厌喝酒呢，是吧？换作是我，也顶多只能在那杯子里扔进我那寥寥二十种著书了。毕竟，我也并无家产可以倾荡，顶多能说是"喝酒毁身灭书"吧。

在厂房深处，还摆着两台尚未运转的大型机器。我问 N 君那是什么，N 君幽幽叹了口气：

"那个呀，是编绳子和织草席的机器。但是操作方法太难了，我总是弄不好。四五年前，这一片地方重度歉收，很少有人来找我磨米，真把我苦恼坏了。当时我一天天地坐在炉灶边抽闷烟，思来想去，买了这两台机器。结果搬到这厂房里面，我手又太笨，总也鼓捣不明白。真是伤感得很。结果我一家六口人都只能过拮据的生活了，真是不堪回首哇。"

N 君自己有一个四岁的男孩，除了这个孩子，他还要抚养自己死去妹妹留下的三个孩子。N 君妹妹的丈夫也在中国北部地区战死了，于是，N 君夫妻便自然照顾起了三个遗孤。他们将这三个孩子视若己出。据 N 君太太讲，N 君对这三个妹妹家的孩子甚至有些溺爱了。这三个孩子里的老大进了青森的工业学校。据说某个周六，他竟然没乘巴士，从青森走了二十七八里的路，一直到深夜十二点赶回了蟹田老家。这孩子喊着"舅舅""舅舅"，敲响房门。N君跳起来冲去打开大门，忘情地一把抱住了孩子，嘴里反复念叨着："你是走回来的？啊？你是走回来的？"然后他开始连珠炮似的吩咐夫人："快弄点糖水给孩子喝！快烤点年糕、煮点乌冬给孩子吃！"看他说个没完，夫人只提了一句："孩子走累了，应该想先睡会儿吧。"N君便急起来，夸张地对夫人的方向连连挥舞拳头："什么，你说什么！"看着这两个人莫名其妙地争吵，外甥忍不住喷笑，尚在挥动拳头的N君也忍不住笑了，就连夫人也一同笑了起来。刚才的那番争吵便烟消云散了。从这一段逸事，也能对N君的优秀人品窥得一斑吧。

"这些年起起伏伏的，也经历了很多啊。"说罢，我也想起了自己的人生，不由得热泪盈眶起来。我这善良的朋友独自在工厂角落笨拙地努力编织草席的模样简直历历在目。我真的很爱我这位好友啊。

我们两人分头完成了自己的工作，于是那天晚上就又借着这个由头喝起了啤酒，还聊起了家乡歉收的事情。N君是青森县乡土史研究会的会员，手中掌握了十分丰富的乡土史资料。

"你看，都写在这里。" N君拿出一本书展开来给我看，上面记录的是一份很不吉利的津轻歉收一览表：

元和一年　　　大凶　　（1615）

元和二年　　　大凶　　（1616）

宽永十七年　　大凶　　（1640）

宽永十八年　　大凶　　（1641）

宽永十九年　　凶　　　（1642）

明历二年　　　凶　　　（1656）

宽文六年　　　凶　　　（1666）

宽文十一年　　凶　　　（1671）

延宝二年　　　凶　　　（1674）

延宝三年　　　凶　　　（1675）

延宝七年　　　凶　　　（1679）

天和一年　　　大凶　　（1681）

贞享一年　　　凶　　（1684）

元禄五年　　　大凶　（1692）

元禄七年　　　大凶　（1694）

元禄八年　　　大凶　（1695）

元禄九年　　　凶　　（1696）

元禄十五年　　半凶　（1702）

宝永二年　　　凶　　（1705）

宝永三年　　　凶　　（1706）

宝永四年　　　大凶　（1707）

享保一年　　　凶　　（1716）

享保五年　　　凶　　（1720）

元文二年　　　凶　　（1737）

元文五年　　　凶　　（1740）

延享四年　　　凶　　（1747）

宽延二年　　　大凶　　　（1749）

宝历五年　　　大凶　　　（1755）

明和四年　　　凶　　　　（1767）

安永五年　　　大凶　　　（1776）

天明二年　　　大凶　　　（1782）

天明三年　　　大凶　　　（1783）

天明六年　　　大凶　　　（1786）

天明七年　　　半凶　　　（1787）

宽政一年　　　凶　　　　（1789）

宽政五年　　　凶　　　　（1793）

宽政十一年　　凶　　　　（1799）

文化十年　　　凶　　　　（1813）

天保三年　　　半凶　　　（1832）

天保四年　　　大凶　　　（1833）

天保六年	大凶	（1835）
天保七年	大凶	（1836）
天保八年	凶	（1837）
天保九年	大凶	（1838）
天保十年	凶	（1839）
庆应二年	凶	（1866）
明治二年	凶	（1869）
明治六年	凶	（1873）
明治二十二年	凶	（1889）
明治二十四年	凶	（1891）
明治三十年	凶	（1897）
明治三十五年	大凶	（1902）
明治三十八年	大凶	（1905）
大正二年	凶	（1913）

昭和六年　　　　凶　　（1931）

昭和九年　　　　凶　　（1934）

昭和十年　　　　凶　　（1935）

昭和十五年　　半凶　　（1940）

　　就算不是津轻人，看到这张年表也会不由得叹息吧。自丰臣家族于大阪夏之阵惨遭灭亡的元和元年（1615），一直到现在为止，这三百三十年间，竟有高达六十次的歉收，也就是约每五年就会出现一次。除此之外，N君又拿出另一本书给我看，上面写着：

　　"至翌天保四年（1833），立春吉祥之日起，东风频起，肆虐不已。三月上已之时，积雪仍未消散，农家仍需用雪橇载物。至五月，秧苗竟仅长出一束，因忧心错过农时，农民不得已着手插秧，却又连日东风不止，时值六月，仍需身穿棉袄，入夜后则尤为寒冷。

到七月举办"倭武多"（作者注：津轻每年例行的庆典活动。阴历七夕左右，将武士或龙虎形状的彩色大灯笼装载于大车之上，当地青年人则装扮成各色人物，走到大街上一边跳舞，一边结队缓行。每年必然会出现和其他城镇的大灯笼互相撞击，进而产生争执的情况。据说坂上田村麻吕在讨伐虾夷之时，制造大灯笼引出了躲藏于山中的虾夷人，并一举歼灭。此庆典正是继承其遗风。不过这说法并无任何凭证，倒也不足为信。此庆典不仅限于津轻，日本东北各地区皆有类似风俗。东北夏日祭典中的山车，便同这载了大灯笼的彩车相去不远）之时，道路之上竟不闻蚊声，仅家屋内室偶听得一两声，但也全然无须挂起蚊帐。就连蝉声也甚为稀罕。及至七月六日，终迎暑期至，近中元节才穿起单衣，同月十三日左右，早稻终于奋起抽穗，民众欣喜不已，同庆中元，热闹非凡。同月十五、十六日，日光发白，宛如夜晚之镜。十七日夜半，舞者散去，行走于街上者渐稀，至拂晓之时，突然天降厚霜，将稻穗尽数压折。往来老少，见之皆涕泪横流。"

这一段记录，真是只能用"凄惨"形容了。我们幼年时曾听老人们提到过闹饥荒（津轻方言一般将歉收说成"饥荒"，这或许是"饥荒"二字的谐音吧），听到那些令人鼻酸又惊惧的往事，尚年幼的我便会心情沉重，瘪瘪嘴就要哭出来。时隔多年再度回到故乡，读到这些记录，我内心已不仅充斥着悲伤了，还有难以名状的愤怒。

　　"这怎么行啊！"我说道，"国家大言不惭地鼓吹着眼下是科学时代，结果却根本没法指导百姓们去预防歉收的出现，太无能了！"

　　"啊呀，技术人员们也做了很多努力的。还将水稻品种改良得更加耐寒，也在插秧的时间方面做了很多研究，如今很少再出现像过去那样彻底歉收的情况了。不过每隔四五年，还是会出现一次歉收。"

　　"太无能了！"我一肚子的怒火不知该向谁发泄，气得紧瘪着嘴。N君看我这样子，笑了起来：

　　"这世上还有人在沙漠中生活呢，生气也没用嘛。而且，一方水土养一方人嘛，咱们自有独特的风土人情呢。"

"我看，也称不上是什么美好的风土人情。一处春风和煦之处都没有，就说我吧，面对那些南方的艺术家，我也总觉得低人家一等呢。"

"话虽如此，你也并没有输给他们呀。津轻这片地方在过去可是从未被外敌攻陷过的。虽然曾被攻打，却没有被打败。咱们这儿的第八师团，不也被称为国宝吗？"

我们的祖先一生下来就要遭遇歉收，并在荒年之中长大。他们的血脉自然也传承在我们身上。春风和煦之美自然惹人羡慕，但我仍然只能身系祖先的悲戚血液，尽力培育硕果吧。我想，我也不应对着那些往昔的悲伤长吁短叹，而是应该像 N 君那样，为我们这片故土栉风沐雨的传统感到骄傲才对。而且，津轻这片土地已经不再像过去那样反复徘徊于令人心碎的悲惨年景之中了。第二天，N 君带领我搭乘巴士，沿着外浜街道一路北上，在三厩过了一晚，然后再度沿着海浪拍岸的小径步行到达了本州北端，也就是龙飞岬。三厩和龙飞之间荒凉萧索的各个村落，彰显出了津轻人的可怜可悯，他们抵抗着烈风的侵袭，从不屈服于怒涛击打，拼命支撑起一家人。而三厩以南的各个村落，包括三厩到今别这一段区域，却沉浸在一片明媚潇洒的海港气氛之中，过得甚是悠闲自在。我实在没必要令自己沉浸在饥荒的阴影之中了。为了打消读者们的忧郁情绪，也为了我们津轻人的明朗未来举杯庆祝，我准备在下文中摘抄一段理学士佐藤弘的优秀文章。在佐藤理学士的《奥州产业总论》中，有如下一段记述：

奥州隶属虾夷族所占之地，此处每受攻击便可隐匿于草中，每受追赶又可藏遁山中。地势层峦叠嶂，可形成天然屏障，阻碍交通。它被风波高昂、海运不便的日本海，以及受北上山脉阻隔，发展极受限制，且被锯齿状海岬众多的太平洋所包围。此处冬季降雪量大，是本州岛最冷的地区。自古以来，奥州已遭受数十次歉收之灾。九州岛耕地面积约有二成五，可奥州却仅仅一成半，少得可怜。从何种角度来看，此处都受着极为不利的自然条件所支配，那么，现在奥州究竟用什么样的产业，养活了这片土地的六百三十万人口呢？

不论是哪一本地理书籍，都记载着奥州地处本州东北一隅，衣食住行都十分粗糙简朴。自古以来，房屋用的都是茅草顶、木板顶、杉树皮顶，现在的大部分居民还住在铁皮屋顶的房子里。用包袱皮裹头，身穿干农活用的束腿裤。中层以下的住民过着粗茶淡饭的生活，却也自得其乐。这些记载究竟是真的吗？奥州这片土地就真的没有什么拿得出手的产业了吗？以迅猛发展为傲的二十世纪文明，难道就唯独没有惠及东北地区吗？不。书上记录的早已是过去的奥州。如果真要谈谈当下的奥州，那就须先承认，如今的奥州有着和文艺复兴到来前的意大利一般蓬勃的发展能力，无论文化还是产业，承蒙明治天皇忧心教育。于是教育的理念迅速蔓延至奥州全境，矫正了奥州土语中很难分辨的鼻音，促进了标准话的推行，将教化的圣光洒遍这一片沉沦原始状态的蛮族居住地。看看现在的奥州吧！开发、开拓的脚步一刻不停，丰田沃野不断增长。改良、改善的政策坚实推广，畜牧、林业、渔业等日渐强盛。更何况，奥州地广人稀，未来的发展空间可谓无限。

椋鸟、鸭类、山雀、鸿雁……各种候鸟成群结队地奔赴此地觅食，正值大幅扩张时期的大和民族，也由日本各地北上至奥州。征服虾夷，或进山狩猎，或下河捕鱼，他们深受此地丰富的资源魅力所吸引，乃至于流连忘返。又历经数代之久，人们各择心仪之地扎根定居。或在秋田、庄内、津轻的平原上种植水稻，或在奥州北部的山地尝试种植林木，或在平原上饲养马匹，或在海边专事渔业，经历以上种种，终于奠定了如今此地繁荣的产业基础。奥州六县，六百三十万人民在此兢兢业业地继承先人们开发的、独具特色的产业，精益求精。候鸟或许永将奔波在迁徙的路上，然而朴实的东北人民早已安定下来，在这片土地上耕种水稻，贩卖苹果。在苍翠壮美的森林边、一望无际的平原上饲养宝马良驹，驾驶渔船出海，又满载鲜活的鱼儿回家。

　　读罢这番珍贵的祝词，我简直忍不住想要跑到这位理学士面前同他握手致谢。

第二天，我在 N 君的带领下向着奥州外浜北上而去，临出发前，我们又开始纠结起了酒的问题。

"酒该怎么带呢？要不要放两三瓶啤酒在背包里带着？"

听到 N 君的夫人这样问，我不由得惊出一身冷汗。我怎么生来就是这样一个不体面的、嗜酒的男人呢！

"不，不用了。没有便罢了。这个，其实，也无所谓的。"我语无伦次地咕哝了一通，背上背包逃命般地出了家门。我对随后追上的 N 君说：

"啊呀，真的不好意思。我一听到酒这个字就冒冷汗，简直如坐针毡呀。"我老实地将自己的感受告诉了 N 君。他看上去想法与我相仿，也红着脸笑道：

"我也是呀。自己一个人的时候还能忍忍。可一见到你，我就忍不住想喝。听说今别的 M 先生已经从邻居那里搜罗了不少配给的酒，我们就稍微绕去今别看看？"

我内心复杂地叹了口气：

"真是给大家添麻烦了。"

一开始，我本来计划着从蟹田坐船直接抵达龙飞，回程是徒步加乘坐巴士。不巧那天清晨开始便刮起了东风，天气变得分外恶劣。预定要搭乘的定期轮渡不发船了。不得已，我们改变了计划，准备乘巴士出发。意外的是，巴士里面很空，我们两个人一路上都有座位，十分舒适。沿着外浜街道北上，一小时后，大风开始逐渐变弱，蓝天也显出了模样。照这个情况，轮渡应该也会恢复正常吧。总之，我们决定先去今别的 M 先生家看看，如果轮渡恢复，我们就拿上酒，立马赶到今别港上船。往来都选择同一种陆路交通实在令我不爽，那也未免太无聊了。N 君透过巴士的窗户，用手指点着各色风景讲解给我听。不过巴士也逐渐接近国防要塞附近了，我也不便将 N 君热心讲解的那些内容都一字一句写在这里。总之，这附近丝毫没有往昔虾夷族人居住过的模样，又或许是因为天气晴朗的缘故吧，一路途经的村落看上去个个都是整洁明亮。宽政年间出版的京中名医橘南溪所著《东游记》有如下记载：

自开天辟地以来，该地域并非如今这般太平。西起鬼界屋玖岛，东至奥州外浜一带，皆属号令不达之地。古时，屋玖岛被称作屋玖国，其名宛如异国。奥州一地也半由虾夷人所占。至今年，此地域南部、津轻近边地名之中也多有蛮名。可见皆为往昔虾夷居所。外浜一代的村名便有：龙飞、裹①月、今别、内越等，所用皆为虾夷语。时至今日，内越一代仍对虾夷族风俗略有沿袭，津轻人皆蔑视其为虾夷种。依鄙之拙见，不仅限于内越一代，南部及津轻一代住民亦大抵皆为虾夷种。唯有趁早受皇化之恩泽，纠正方言俗语之地，方能自祖先起便可以日本人自居。故而仪礼文化尚未开蒙，也属自然。

自橘南溪写下这本书，至今已过去一百五十年了。倘若邀他乘坐巴士，在如今这坦荡的水泥大路上行驶而过的话，想必他会感到茫然若失，又或者发出"昔雪今安在"的感慨吧。南溪的《东游记》《西游记》两部作品称得上是江户时代的名著了，但他在正文前的凡例之中便提到：

---

① 读作"bō"。

吾人游历天下乃为精进医术。医事相关之杂谈，收于别处以飨同人。唯此书中收录之游历见闻，乃信笔写下，未曾证其虚实。故或有诸多谬误。

　　正如他这段自白所说，作者笔下所述大多是为了挑起读者的好奇心，所以其书中荒唐无稽之谈并不在少数。且不说其他地方，就说说这外浜附近的记录吧。

　　奥州三马屋（作者注：即三厩的古称）位于松前渡海之津，即津轻所属之外浜。也可说是日本东北之尽头。古时源义经逃离高馆，远渡虾夷之时来到此地，因未乘得顺风，耽搁逗留数日。义经心中急切，故将随身所带观音像置于海底岩石之上，祈求顺风来临。忽而风向一转，助其抵达松前。此观音像至今收于此地所造之寺院，名曰义经祈风观音。海岸边又有巨大岩石，形似马厩，并排三窟。此乃拴系义经所乘马匹之所。以上即是三马屋其名之由来。

这段话写得真可以说毫不迟疑。此外，他还写道：

　　奥州津轻外浜有一地名曰平馆。此地北部有岩石
向海凸起，是为石崎之鼻。翻过此处，向前行几步路，
便到了朱谷。此处群山耸峙，其间有涓涓细流，汇入
大海。此谷地土石皆为红色。水色亦为红色。被水打
湿的岩石在朝阳映衬之下华美无比，甚为夺目。流入
近海的细小石块多为红色。据传闻，此海域中生息之
鱼类，仍是皆为赤色。谷中土石为红，于是海中之鱼、
海滨之砂亦为红——且不谈有情无情，此事实属奇闻
怪谈了。

　　书中讲到这种逸事的段落还不止以上这些，它还提到了一
种生息在北海之中的怪鱼，人称"老翁"。

此物体长可及二三里，仍未有人得见其全貌。极罕可见该物浮于海上，宛如巨大孤岛。背鳍、尾鳍亦隐约循序可见。老翁可吞下二三十寻之鲸，宛若吞食沙丁鱼一般容易。逢此鱼出现，鲸群必然作鸟兽散。

此外，还有这样一则故事：

逗留三马屋之际，某晚，此户近旁各家老人来访，于此家中祖父母相聚。众人围炉谈起天南海北之事。据闻，距今二三十年前，松前突遭巨大海啸，极度骇人。海啸过后，风平浪静，大雨亦止。但天色却依旧沉郁。入夜时分，有发光之物由东至西，掠过虚空飞行而去。渐次增涨。至四五日前，则白昼亦有诸神明飞空而过。有着衣冠骑于马上者、乘龙驰骋云雾之上者，又有乘坐犀象，鞭打前行者。有着白衣者，亦有着红绿者。各色各类神佛于空中翱翔，身姿有大有小。众人皆奔至屋外，每日虔诚拜见此异象。如此不可思议之景象持续四五日后，某日黄昏，远眺海滨可见白如雪山之物，众人皆惊呼：快看！又有异象降临海上！待此雪山徐徐逼近，至近处时其高可吞山，竟是惊天巨浪！见是海啸，众人疾呼快跑，男女老少抱头逃散。然而大浪转瞬即至，顷刻间房屋良田草木禽兽尽被卷入海底。海边村中无一人生还。想来起初诸神佛于云中飞行之象，乃是预示之后将有浩劫袭来，催促民众尽早逃离呀。

橘南溪的文笔平易近人，十分流畅亲切。笔下记录的却皆是以上种种异常罕有之事。如今，关于这片地域的风景我也就不再具体多谈了，不如就引用橘南溪的旅行游记吧。他的文字虽有些荒诞奇特，但那种宛如童话传说般的气质同样引人入胜。所以，我才选取了几段《东游记》的故事，添加到本书之中。除以上几个故事外，还有一段内容，我想小说爱好者们应该会觉得很有趣。

本人暂住奥州津轻外浜之际，当地官差屡屡审问此地是否有丹后之人逗留。询问缘由，答曰：津轻岩城山神厌恶丹后之人，倘若有丹后之人偷偷溜进此地，天气立即大变，风雨交加。船舶无法出入，津轻将遭拖累。吾四处游玩之时，若突遭狂风，必见有人询问是否有丹后之人进入此境。每逢天气欠佳，官吏便严格追查，一旦发现有丹后之人在此，便立即将其驱逐出境。甫一出境，境内瞬时风平浪静。这一做法不单是本地风俗之一，官差亦分外看重，严格问询，实属罕见。青森、三马屋、外浜各港，此类地域甚是厌恶丹后之人。本人实感疑惑好奇，便询问其中原委。得知：此处的岩城山乃是安寿姬出生之处，当地人供奉安寿姬为岩城山神。此女曾流落于丹后，受三庄太夫百般苦罚。时至今日，一旦有丹后之人入境，岩城山神便怒不可遏，招来疾风迅雨。外浜之路九十里有余，居民多以打鱼为生，靠船度日。最期盼风调雨顺。因担忧天况，此地居民皆忌讳丹后之人。此说甚至蔓延至松前南部等诸多港口，当地的人们也纷纷厌恶起了丹后之人，一旦发现，便将其驱逐出境。可见其怨念之深。

这可真是怪事一件了。想必丹后人更是觉得冤吧。丹后，即如今京都府的北部地区。也就是说，生活在那一代的人要是当时去了津轻，就会遭受极不公正的待遇。关于安寿姬和厨子王的故事，我们小时候都在图画书上读到过。还有森鸥外的名作《山椒大夫》，凡是喜欢小说的人应该也都读过。可是很少有人知道，那段哀婉凄美的故事之中的姐弟俩是生于津轻，并且死后被供奉在了岩木山。其实，我觉得这段传说也是疑点重重。既然橘南溪十分随意地就写下了诸如源义经乘船漂到津轻啦，海里游着身长三里的大鱼啦，石头的颜色融到水里，把海边的鱼鳞都染红啦一类的逸闻，那这个关于丹后之人的故事，恐怕也是"信笔写下，未曾证其虚实"的一段不负责任的记述吧。本来嘛，安寿姬和厨子王是津轻人的说法，其实在《和汉三才图会》的"岩城山权现"这一条目中也曾出现过。《和汉三才图会》是用汉文写成的，稍微有些难懂，那一条目是这么讲的：

相传古代此国（津轻）领主，名曰岩城判官正氏。

永保元年（1081）冬，于京中受谗言所陷，被贬于西海。于本国育有二子。长女名为安寿，子名为津志王丸。二子与母流浪，过出羽而至越后直江之浦。

这段话开头的部分写得还挺自信，不过到了结尾处却又主动承认——"此岩城与津轻岩城山南北相隔百余里。故于岩城山祭祀之事，颇为可疑"。

也就是说，因为"岩城"二字既可读成"iwaki"，也可读成"iwashiro"，本来就有些混淆不清，所以最终这个传说就套到了津轻岩城山的身上。然而，往昔的津轻人却对安寿姬、厨子王都是生于津轻的孩子这件事深信不疑，又对山椒大夫的诅咒怨念不已，于是就将火气撒到了丹后之人身上，一出现坏天气，就要怪罪他们。不过我们这些同情安寿姬姐弟的人，倒也觉得怪痛快的。

关于外浜的传说就先到此为止吧。接下来，我们乘坐的巴士在中午时分到达了 M 先生居住的今别。我在前文中已经讲过，今别是一座明亮而又现代化的港口城市，居民接近四千人。N君领着我拜访 M 先生家，是他夫人出来应门的。夫人看上去有点无精打采的样子，告诉我们 M 先生现在不在家。我这人有个毛病，一见到别人家里这样的状况，总会下意识对号入座，觉得"他们两口子是不是因为我的到来，所以吵架了"。有时候还真是如我所想，但有时候则纯属多虑。一个作家或新闻记者突然来访，很容易给一个美好的家庭染上一丝不安的氛围。对于一个作家来说，也算是十分痛苦的一种经验了。倘若没有体验过这种痛苦，那这种作家必然是个榆木疙瘩。

"他去哪儿了呢？"N 君表现得十分悠闲，他卸下了身上的背包说，"总之，请您允许我们俩在这儿稍作休息吧。"说罢，他便在玄关的踏板低台上坐下来。

"我去叫他回来。"

"啊，真是麻烦您了。"N 君看上去表情十分泰然，"他是去医院了吗？"

"是呀，应该是去医院了。"M 先生的夫人相貌端丽，性格内向。她一边小声应答，一边穿好了木屐走了出去。M 先生在今别的某家医院工作。

我和 N 君并排坐在玄关的踏板上，一起等着 M 先生。

"你事先和人家说过了吗？"

"嗯。说了的。"N君气定神闲地吸起烟来。

"咱们午饭时候来，怪不是时候的，不太妥吧？"我还是有些过意不去。

"没关系啊，我们不是也带了便当来的吗。"N君回答得甚是坦荡。看他的样子，简直像西乡隆盛一般。

很快M先生便回来了，他一脸羞赧地笑着说：

"来吧，请进屋吧！"

"不必了，我们也待不了多久。"N君站起身，"要是船快开了，我们就得马上赶去乘坐，现在就去龙飞。"

"这样呀。"M先生轻轻点点头，"那我去打听一下船会不会开。"

M先生特意跑去码头打听了一番，结果轮渡果真还是取消了。

"那也没办法啦。"我这位可靠的向导知道了这个消息，倒也并未显得多么沮丧，"那我们俩就在您这儿稍微休息一下，吃吃便当啦。"

"嗯嗯。就坐在这儿就好。"我客气得有点儿虚伪。

"二位不进来坐坐吗？"M先生有些唯唯诺诺地问道。

"好，那我们就不客气了。"N君十分自然地解起了绑腿，"进屋慢慢合计接下来的旅行计划吧。"

我们走进了M先生的书斋。屋内有一个小小的地炉，柴火正烧得噼里啪啦作响。书架上整整齐齐摆满了书，就连瓦雷里全集和泉镜花全集也是一册都没落下。那位满怀自信说着"礼仪文明尚未开化，亦属实情"的南溪，来到这儿或许也会哑口无言的吧。

"家里有酒。"文质彬彬的M先生开口说，自己却先脸红了，"喝两杯吧。"

"哎呀呀，怎么能在这儿喝酒呢。"N君话说一半，笑嘻嘻打起了马虎眼。

"当然可以了。"M先生敏锐地察觉到了，"带去龙飞的酒，我另有准备。"

"哦！"N 君立马兴奋起来，"哎，可是现在开始喝酒的话，今天估计就到不了龙飞了。"

正说着话，M 夫人已经默默端上了酒壶。于是我擅自为自己找了台阶下，就当这位夫人只是寡言少语，并不是对我们有什么意见吧。

"那我们就稍微喝点，别喝醉了。"我向 N 君提议。

"既然是喝酒，哪有不醉的道理。"N 君摆出一副前辈姿态说道，"今天怕是要住在三厩了吧。"

"这样也好。今天就在今别好好玩玩，然后再溜达去三厩，走走停停，估计也就花一个小时吧。就算喝醉了，一样也能走到那儿的。"M 先生提议道。

决定要在三厩住一晚后，我们就开始喝起酒来。

我自打走进这个房间，就注意到一件事。我发现在 M 先生书桌上端端正正摆着一本书，正是我在蟹田时痛批的那位五十多岁小说家所著随笔集。忠实读者的确伟大，那天在蟹田的观澜山，我极尽贬低之能事，把那小说家说得一无是处。可是 M 先生对这位小说家的爱意看上去却丝毫没有动摇。

"我说，那本书借我翻翻。"我实在是无法忽视掉它的存在，于是向 M 先生借了那本书。我随手翻开书，目光宛如鹰眼般阅读起来。本想着挑出些瑕疵来，就能高奏凯歌了，没承想我读的那部分正是作家特别倾注了心血的内容，实在是找不出什么漏洞来挑理。我只好沉默地读下去，一页、两页、三页……最后读了五页，我才把书扔开。

"我现在读的这部分，算写得还可以吧。但是他其他作品里的确有很不可取的地方。"我不服气地说了一句。

M 先生听了倒是很开心。

"而且，主要这装帧也很豪华嘛。"我更不服气地小声补充，"用了这么贵重的纸，印上这么大的铅字，普通文章也能显得很厉害一样。"

M 先生并没和我一般见识，只是默默地微笑着。那是属于胜利者的笑容。不过我的内心其实并没有那么不服气。而是有一种读了好文章之后的安心感。比起挑到漏洞、高奏凯歌，这种感情可要来得舒爽多了。这可不是撒谎，我真的很爱读好文章。

今别有一座很有名的寺院，名为本觉寺。曾有一位高僧做过这座寺的住持，名曰贞传和尚。在竹内运平所著的《青森县通史》之中，记载有这位贞传和尚的故事。

"贞传和尚乃今别新山左卫门之子，早年于弘前誓愿寺修行。此后又于磐城平的专称寺修行十五年，于二十九岁时任津轻今别住持。至享保十六年（1731）四十二岁时，其教化所及，不仅限于津轻地区，更遍布临近区域。享保十二年（1727）修建、供奉金铜塔时，除本区域外，南部、秋田、松前地区的善男信女皆云集此寺，纷纷参拜。"

于是，此次外浜的向导——町会议员 N 君便提议这回就去这座寺院看看。

"要谈文学倒也可以，但是你那套谈文学的说辞怪不一般的。总感觉有些奇怪。所以过了这么久你也没变成名家大师啦。你看看贞传和尚吧……"N 君已经喝得很醉了，"贞传和尚也没有先去布道，而是首先致力于促进民众的生活福利。要是不这么做的话，一般老百姓哪听得进去什么佛学教化呢！所以贞传和尚就先去振兴产业，然后呢……"他说到这儿，自己也忍俊不禁，笑道，"哎呀，总之我们就去看看那寺院吧。到了今别怎能不去拜访本觉寺呢？贞传和尚可是外浜人民的骄傲。不过我说了这么多，其实也没去过呢。就趁这个好机会一起去看看吧！"

我其实比较想坐在这里一边喝酒，一边和 M 先生聊聊我那奇怪的文学说辞。看样子 M 先生也是这么想的。但是 N 君对贞传和尚的兴趣极为高涨，最终还是把我们两个硬拉了起来。

"来吧，我们顺路观览本觉寺，然后就直接步行到三厩去吧。"

我站在玄关的踏板上系着绑腿，邀请 M 先生道：

"您有没有兴趣与我们同去呀？"

"好哇，我陪您二位一道去三厩。"

"那可太感谢了。看样子，咱们的町议员今晚怕是要在三厩的旅馆里大谈蟹田的政治政策了。想到这里，我其实还挺郁闷的。有您在的话可就放心多了。夫人，今晚我们就借您丈夫一晚喽。"

M 夫人微微一笑，只说了一句"好的"，看上去应该是习惯了我们两个……或者已经想开了吧。

请她将酒分别灌进每人的水壶里后，我们便喜滋滋地出发了。这一路上，N 君一直吵吵嚷嚷地念叨着："贞传和尚、贞传和尚。"走到能眺望寺院屋顶的地方时，正遇到一个卖鱼的老妪。她拉着的板车里面放满了各种各样的鱼。我看到其中一尾约二尺长的鲷鱼，便问：

"这条鲷鱼多少钱？"我其实不太知道行情。

"一元七十钱。"对方回答。

听上去还挺便宜的，于是我便掏钱买下了。可是买完之后我又突然有点束手无策。我们接下来还要进寺院呢。拎着一条二尺来长的鲷鱼进寺院，看上去也太奇怪了！我彻底没辙了。

"买了个麻烦货吧！"N 君撇着嘴笑话我，"你买这东西干吗呢？"

"我想着，咱们去三厩留宿，可以把这整条用盐烤，摆在大盘子里吃到尽兴嘛。"

"你呀，就是总想些奇怪的事。你拎着这鱼，搞得像要去给人贺寿一样。"

"可是，只花一元七十钱就能买到这么不错的一条鱼，挺棒的不是吗？"

"棒什么棒！一元七十钱在这边算卖得很贵了。你可真不会买东西。"

"是嘛……"我失望极了。

最终，我还是提着那尾二尺长的鲷鱼，走进了寺院。

"这可如何是好？"我小声向 M 先生求助，"我真没办法了。"

"我想想……"M 先生一脸认真地想了想说，"我去寺院里借点报纸来，您先在这里等等我。"

M 先生去了寺里的后厨，过了一会儿，他拿着报纸和绳子回来后，把那尾棘手的鲷鱼用报纸包好，塞进了我的背包里。我总算松了口气，能好好欣赏这座寺院了，不过总感觉这建筑并未显得别具一格。

"这寺院也没有什么过人之处嘛。"我小声对 N 君说。

"不不，不不不。比起外貌，更重要的是内在。总之，我们得进去听听寺里的僧人讲解才行。"

我内心颇为沉重，极不情愿地跟在 N 君身后走了进去。不过，当时我万万没想到之后会陷入无比悲惨的窘境。寺里的僧人都不在，只有一个五十来岁，看上去像是老板娘一样的人带着我们去参观了正殿。接下来，她就开始滔滔不绝地讲解了起来。而我们三人则不得不端端正正地跪坐听讲。说明总算告一段落时，我刚欢天喜地准备站起身，N 君却跪行着向前蹭了两步，问：

　　"那么，我还有一事想请教。这座寺院究竟是贞传和尚在哪一年修建的呢？"

　　"您说什么呢！这座寺院并不是贞传上人建造的呀。贞传上人是这座寺庙的第五代住持，属于中兴祖师呀！"对方说完这句话后，又开始了漫长的说明。

　　"是吗？"N 君懵懂地问，"那么，我还有一事想请教，这个真赚和尚……"他竟然把"贞传"读成了"真赚"！这可太要命了。

　　N 君自顾自地兴奋不已，又跪着向前一蹭再蹭，最后简直要撞上老板娘的膝盖了，两个人就这样你问我答，没完没了。

后来天色渐渐暗淡，我开始担忧起来，再这么下去，我们今天还能到三厩吗？

"那边那幅巨大且威武的匾额，就是那位大野九郎兵卫大人题的字呢。"

"是吗！"N君叹服不已，"说到这位大野九郎兵卫大人……"

"正如您所知，他可是位忠臣义士呢。"话题又扯到忠臣义士上了，"那位大人就是在这片地方过世的。享年四十二岁。听说他是一位十分虔诚的信徒，时常捐出大量香火钱给这所寺院……"

这时候，M先生终于站了起来，走到老板娘面前，从外套的内侧口袋里掏出一个白纸包递给她，然后沉默且毕恭毕敬地行了礼，对N君说：

"时间差不多了。"他声音很轻。

"哦，好哇，那我们走吧。"N君落落大方地回答，又对着老板娘谢道，"多谢您的细致讲解。"说罢方才站起身。

后来再问，N君竟然说老板娘的话他一个字都没印象了。

这可把我和 M 先生给惊得不轻。

"你当时不是兴奋地连连发问吗？"

"没有啊。我对这些都没印象了，毕竟我醉得厉害嘛。我以为你们俩应该有很多想知道的，所以才耐着性子和老板娘聊了那么久呢。这可以说是自我牺牲呀。"

他这"慷慨就义"的牺牲精神属实令人翻白眼。

我们三人走到三厩的旅店时，太阳已经西斜。旅店招待引我们走进二楼的一个临街的精致小屋里。外浜的住店个个都很高级，简直和城镇的风格有些不符。从房间内直接可以眺望大海。此刻天上开始下起小雨，海面笼上一片雾白色，十分宁静。

"不错嘛，咱们还有鲷鱼，接下来就可以一边远眺海上飘雨，一边悠然啜饮了。"我从背包里取出那条鲷鱼交给了女招待，"这尾鲷鱼，麻烦直接拿盐烤了端来。"

这个女招待看上去有些木讷，只应了一声"哦"，然后就迷迷瞪瞪地接过鱼准备离开。

"你听懂了吗？"和我一样，N 君也对这个女招待不太放心。他喊住女招待，又强调一遍："直接拿盐烤了就好。不要因为我们有三个人，就分三份哦。更没必要分成三等份。你明白了吗？"N君这番解释可不太高明。那个女招待果然还是很不靠谱地"哦"了一声就走了。

一会儿，饭端了上来。那个女招待仍是一脸木讷，面无表情地说："鲷鱼正在烤，今天没有酒。"

"没办法，咱们就喝自己带的酒吧！"

"也是啊。"N君性急地抓过水壶，"请给我拿两个酒壶，再拿三个酒盅。"

我们正开玩笑说着"倒也没必要强调三个酒盅"时，鲷鱼端上来了。N君的那句"没必要分成三等份"的话，招致一个令人哭笑不得的结果——这鲷鱼被掐头去尾剔了骨头，只把鱼身拿盐烤了，还切成五片，干巴巴地摆在一个毫无审美的丑盘子里。我这个人生性绝不挑剔食物，我也不是出于嘴馋，才买了那尾二尺长的鲷鱼。这些，我想读者应该都能明白。我是希望能将这条大鱼照原样整个烤了，摆在一个气派的大盘子里欣赏！根本问题并不在吃还是不吃上！我只想边看边喝，尽情享受那种悠闲自得。N君的那句"没必要分成三等份"虽然也表达得略有些怪异，可是"那索性就切成五份吧"的思路也足显这店家脑子进水。我气得抓耳挠腮、指天骂地，不停跺着脚。

"全毁了，全毁了！"我看着那蠢乎乎的盘子里摆着的五块烤鱼肉（如今它也已经不是什么鲷鱼了，只不过是五块烤鱼肉罢了），简直要哭出来。早知如此，还不如让店家弄成生鱼片，也不至于把我气成现在这样。鱼头和鱼骨都被搞到哪里去了呢？那颗威风极了的大鱼头，是不是就直接给扔了啊？三厩明明是盛产鱼类的地方，结果却对料理鱼类如此迟钝，竟不知道该如何烹饪。

"别气啦，这鱼很好吃呀。"处事圆润的N君淡定地对着烤鱼伸出筷子说道。

"是吗?！那好哇，那你自己全吃了算了。吃吧吃吧！我才不会碰这玩意儿呢，弄成这副蠢样子谁要吃啊！说到底，都是你的错！说什么：没必要分成三等份，搞得像在蟹田町会里开预算总会时卖弄解释的发言一样，于是就把那个迷糊女招待给搞蒙了！都是你的错！我，我恨你！"

听我这样讲，N 君却温暾地笑了起来：

"但是，这样也蛮有趣的嘛。提醒她不要切成三份，结果切成了五份。这儿的人可真好玩儿，真好玩儿呀。来来，干杯，干杯！"

我被迫稀里糊涂地干了杯，又加上为鲷鱼的事感到郁闷，于是很快就喝得烂醉，担心自己发什么酒疯，便早早躺下睡了。事到如今再想起那条鲷鱼，我还是气不过，真是太没品了！

第二天一早起床，雨仍在下着。走下二楼问了店家，得知今天也不开船。看来只能沿着海岸走去龙飞了。我们准备等雨停了之后就一鼓作气，立即出发。打定主意后，我们几个又钻回被子里开始一边东拉西扯，一边等雨停。

"从前有一对姐妹。"

我突然讲起了童话故事。

"姐姐和妹妹都从妈妈那里领到同等分量的松果，妈妈让她们用松果生火做饭、熬味噌汤。妹妹生性啬胆小，她用得小心翼翼，只肯一个一个地将松果放进炉灶里烧。别说味噌汤了，就连米饭都没有煮熟。姐姐生性大方，不拘小节，她把得来的松果一股脑全塞进了炉灶里，毫不惋惜。火力十分简单地煮熟了米饭，她又用剩下的那些灰烬的余温煮熟了味噌汤。

"你们听过这个故事吗？来，咱们把酒喝了吧。昨晚上不是还剩了一壶酒，本来是准备带去龙飞的嘛！咱们把那壶酒也喝了吧。别太吝啬了，让我们不拘小节，一口气把它喝光吧！这么做说不定还能获得一些灰烬呢。哎呀，就算没有灰烬，又能怎样呢！到了龙飞总有办法的嘛。再说了，也不是到了龙飞就一定要喝酒呀。不喝也死不了呀，不喝酒，就那么直接躺下，静静思考我们从何而来又到哪里去的问题，不也挺好吗？"

"好啦好啦！"N君一骨碌爬起来，"一切就都按照故事里那个姐姐的方法来吧。一口气把它喝光！"

于是，我们起身围坐在地炉边，用铁瓶温了酒，一边等待着雨停，一边将剩下的酒都喝了个精光。

快到中午时，雨停了。我们吃了个午饭，准备出发。外面是微凉的阴天。在旅店门前和M先生道别后，我和N君一道向北出发。

"想不想爬上去看看？"走到义经寺的石头鸟居前时，N君问我。这鸟居的柱子上刻着某个姓松前的捐献者的名字。

"好。"

我们穿过那座石头鸟居，开始攀登起了石台阶。要爬到最顶上还有很远的一段路。台阶两侧的树梢不时有雨滴洒下。

"就是这儿啊。"

石台阶走到头，就是小山的山顶了。这里建着一栋古旧的堂屋。堂前的门上印着源氏家族的龙胆纹章。不知为何，我内心突然涌起一种强烈的不快感。

"就是这儿？"我又问道。

"就是这儿。"N君傻乎乎地回答道。

正如前文所说，那本《东游记》中介绍过这所寺院：

    古时源义经逃离高馆，远渡虾夷之时来到此地，因未乘得顺风，耽搁逗留数日。义经心中急切，故将随身所带观音像置于海底岩石之上，祈求顺风来临。忽而风向一转，助其抵达松前。此观音像至今收于此地所造之寺院，名曰义经祈风观音。

我们两个人默默地走下了石台阶。

"你看，这个石台阶到处都是凹陷对吧！听说好像是弁庆的脚印，还有说是义经的马蹄印呢。"N君说道，有些有气无力地笑笑。我倒是很想相信他，但是着实没法欺骗自己。走出鸟居，发现外面还矗立着一块岩石。这石头在《东游记》中也有记录：

> 海岸边又有巨大岩石，形似马厩，并排三窟。此乃拴系义经所乘马匹之所。以上即是三马屋其名之由来。

我二人走到那块巨大的岩石前，不由得加快了脚步。家乡的这种传说故事，不知为何总给人一种莫名的羞耻感。

"这一定是镰仓时代不知道从哪儿跑来的两个小混混，为了掩盖什么，所以才假称自己是源义经和武藏坊弁庆，到处寻那种乡下姑娘的家里，央求着借宿一晚。总之，津轻这边的义经传说实在太多了。不仅仅是镰仓时代，就算到了江户时期，可能还有人假扮义经和弁庆，到处行骗呢！"

"可是假扮弁庆感觉有点没劲吧！"N君的胡须比我更浓密，所以他大概有些担心，怕我硬要他去假扮弁庆吧，"他不是一直要背着七件道具行走吗？太麻烦了。"

聊着聊着，我们开始胡乱想象起那两个小混混的流浪生活，一定是潇洒快乐的吧！我们俩不由得心生羡慕。

"这一带的美人可不少呢。"我小声说。途经各个村庄时，偶尔能瞥见房屋阴影之下姑娘们转瞬即逝的身姿，个个都是肤色白皙，整洁大方，很有气质。手脚看上去也并不粗糙。

"是吗？这么说来，还真是了。"像N君这样从不关注女性的人很少，他的眼里只有酒。

"要是现在还谎称自己是源义经的话，估计没人会信的吧！"我开始妄想起一些蠢事。

一开始，我们就这样随意扯着些无聊的话题，晃晃悠悠地走着。不过逐渐地，我们二人的步伐开始加快，到后来简直像在比赛竞走，话也很少说了。这是因为我们在三厩喝的酒已经醒了。现在冷得要命，所以加快步伐也是没办法的事。我们两个人的表情也变得严肃起来，匆匆赶起了路。海风逐渐强劲，我的帽子屡次险些被吹飞。于是我每一次都要用力去向下拽帽檐。结果终于把人造棉制的帽檐给扯裂了。雨不时地洒下，浓黑的乌云低低压着天际。海浪一波高似一波，我们走在岸边的狭窄小路上，面颊不时沾上一些海浪的飞沫。

"其实，这路现在已经算好走的了。大概六七年前都还不是这样的。以前有好几段路还要等着海潮退下时抓紧时间蹚过去才行呢。"

"不过，就算是现在这个路况，晚上也绝不能走。真是举步维艰呀。"

"对对，晚上不行的。就算是源义经和弁庆也不行呀。"

我们两个表情严肃地谈论着这件事，一边抓紧赶着路。

"你累不累？"N君扭过头问，"没想到你还挺能走的。"

"嗯。我还没老呢。"

我们走了大概两个小时，周围的风景开始变得异常可怕，简直可以称之为"凄怆"，甚至不能说是"风景"了。所谓风景，其实是经过了漫长的年月，受无数人凝视的一种形容。可以说，风景会被人的双眼所陶冶，从而在人类的驯养下变得温和从顺。就算是那高度近百米的华严瀑布，也宛如笼中野兽般，能够嗅到哪怕一丝人类的气味。往昔那些被画下或被咏唱、吟诵的名胜古迹，无一例外，都能窥得人类的气息。而这本州北端的海岸，却根本算不上是风景，它甚至容不下点景、人、物的存在。如果说硬要设置一个点景、人、物的话，那找个穿白色劳动服的阿依务老人来是最合适不过的了。至于我这样一个穿着紫色外套的扭捏男子，实在没什么入画的必要。这个地方既不会被描绘下来，也不会被写成诗歌。这里只有岩石和海水。据说，冈察洛夫坐船在大海中航行时，曾遭遇风暴。当时老练的船长对他说："来，你来甲板上看看，这巨大的波浪应该如何形容呢？你们文学家一定能够找出形容这巨浪的词汇吧！"冈察洛夫凝望那巨浪良久之后，只叹了口气，说了一句："真可怕。"

　　面对大海的巨浪，沙漠的暴风，一时间什么文学上的形容词都想不起来了。同样，面对这本州岛尽头的岩石与海水，我脑中也只能出现"可怕"二字。我从这可怕的场景中挪开视线，紧盯着自己的双脚赶路。还差三十分钟到龙飞时，我隐隐一笑：

"哎呀，还是应该剩下些酒才好哇。龙飞的旅店铁定是不会有酒了，而且天又这么冷……"我忍不住发起了牢骚。

"其实，我也在琢磨这个事儿呢。再往前走走，应该就到我一个旧友家了。说不定他那儿会有配给的酒呢。我记得他家没人喝酒。"

"问问看吧！"

"嗯。没酒的确不行呀。"

N君的朋友家坐落在龙飞的前一座村子。他摘了帽子走进那户人家，过了没多一会儿便出来了，一脸忍俊不禁：

"走了狗屎运了！朋友给我装了满满一水壶的酒，足有半升还多！"

"还真是获得了一些灰烬余温呢！接着赶路吧！"

就差一点儿了。我们弯着腰抵抗着强风，几乎是小跑着向龙飞的方向赶去。正想着：这道路怎么变得越来越狭窄了？却突然一头栽进了一间鸡舍。搞得我满头雾水。

"到龙飞了。"N君用怪里怪气的腔调说道。

"就是这儿？"我冷静下来，环顾四周。原来我以为是鸡舍的地方，正是龙飞的村落。面对疾风迅雨，一幢幢小小的房子紧紧挤在一起，互相庇护，抵挡风雨。这里是本州岛的边地。走过这片村落就算到头了，再走就要掉进海里，再没有路可以走了。这里就是本州岛上的死胡同。希望读者们也能将这一信息铭记在心。诸位在向北前进时，只要沿着这条路一直走、一直走，就一定会走到外浜街道上，接下来，路会变得越来越窄，再接着走下去，最终就会一头闯入这片宛如鸡舍一般不可思议的世界中，到了这儿，路便走到了尽头。

"换作任何人都会惊讶的。其实我第一次来这儿的时候也吓了一跳，以为自己突然闯进了谁家的厨房呢，吓得我直冒冷汗。"N君这样说道。

不过，这儿从国防角度来说有着十分重要的地位。所以关于这个村落，我也就不能再多说了。穿过巷子，我们便抵达了旅店。一位老婆婆走出店外将我们迎了进去。这座旅店的房间竟然十分整洁，让我们眼前一亮。看得出，这家旅店修建时并未偷工减料，随便用薄板搭建。我们赶紧先换上了棉袍，然后盘腿围坐在了暖炉边，这才总算是松了一口气。

"请问，您家有酒吗？"N君问老婆婆，一副深思熟虑后的稳重语气。老婆婆的回答令我们感到十分意外。

"嗯，有呀。"这位婆婆生着一副鹅蛋脸，看上去气质很好。她回答得十分随和自然。

于是N君又苦笑道：

"是这样，阿婆，我们可能想多喝点。"

"请随意，要多少有多少。"婆婆如此回答，脸上带着微笑。

我们二人互相对视着，这个婆婆是不是还不知道眼下酒水有多贵重呀？

"今天刚配给了酒水，附近也有不喝酒的人家，我们就去收了。"婆婆说到这儿，比画了一个收集的手势，然后又张开双臂，表现出抱着很多瓶子的样子，"刚才我老伴儿抱了一大堆回来呢。"

"有这么多的话，应该是够了。"我这样说着，总算放心了，"我们就用这个铁瓶温酒，请您马上拿个四五壶，哎呀，算了，太麻烦！直接拿六壶酒过来吧。"我想趁着婆婆改主意之前，赶紧多叫些酒来，"饭菜稍晚些上也行。"

婆婆按照我们的要求，用托盘端来了六壶酒。正喝着头一二壶酒的时候，饭菜也端上来了。

"请二位慢用。"

"多谢。"

眨眼间，六壶酒就喝完了。

"已经没了？"我大为震惊，"我们也喝太快了吧，怎么会喝那么快呀！"

"咱们真喝了那么多吗？"N君也是一脸惊讶，他拿起每个酒壶晃了晃。

"没了。看来我们是太冷了，于是就喝得有些拼命。"

"这六壶酒可都是装得满满地端上来的呀。咱们喝得这么快，要是跟那个婆婆再要六壶酒，她一定当我们俩是怪物，对我们产生戒心的。要是把她搞怕了，不再给我们上酒可怎么办呢！不然啊，我们还是先把随身带的那壶酒温一温，然后再叫六壶酒，这样比较好。咱们今晚就在这本州最北端的旅舍里喝到天亮吧！"然而，我这歪主意却成了当晚失败的导火索。

我们将水壶里的酒移到了酒壶里，尽量慢慢地喝。可是喝着喝着，N君却突然醉了。

"哎呀，不行不行。我今晚上恐怕要喝醉。"根本不是恐怕，他看上去已经醉了，"哎呀，不行，今晚上我可要醉了。行吗？我喝醉了行吗？"

"有什么不行的。我今晚也想醉个痛快呢。来，慢慢喝吧。"

"我来唱首歌吧。你是不是还没听过我唱歌呢？我可是很少唱的。不过，今晚上我就唱一曲吧。行吗？我能唱首歌吗？"

"真拿你没辙！行啊，你唱吧。"我做好了心理准备。

"跨过那无数山川河流……"于是N君便闭上双眼，低低吟唱起了牧水的一首旅歌。听上去倒是没有我想象的那么难听。我默默地听着，竟颇有触动。

"怎么样？唱得很怪吗？"

"没有，我还有点感动呢。"

"那我就再来一首吧！"

结果呢，这次的歌唱得极其糟糕。到了这本州最北端住宿，他的心胸也随之开阔了起来，竟用极为可怕的大嗓门吼出声，简直要把我吓得摔一跟头。

"在那——东海的——小岛岸边——"他开始吼起了啄木写的歌。结果因为声音太大，就连外面的大风声都被他的歌声盖了过去。

"太难听了！"我说。

"难听吗？那我改正！"他说罢，深深吸了一口气，接着爆发出更高亢的怪叫声，而且还错唱成了"在那东海岸边的小岛"。紧接着，又不知为何突兀地唱道："如今忆故史，自当鉴增镜……"他竟然唱起了《增镜》里的歌！既像呻吟，又如哭喊，还似嘶吼。场面实在是太糟糕了。我心里一阵又一阵忐忑，暗自祈祷那个婆婆千万别听到 N 君的鬼哭狼嚎。

结果怕什么来什么，拉门"唰"地被推开了，婆婆走了进来："好啦，您也唱了歌了，看来是该休息啦。"她说着，拿走了饭菜，还把被褥搬了出来。看来她的确是被 N 君的大嗓门给吓坏了。我本来还想接着喝下去呢，眼下却搞成了这样，真是糟心。

"真难听！你唱得真难听！你唱一两首就算了嘛！你吼成那样当然会吓到人啊！"我一个劲儿地发着牢骚，满肚子不情愿地睡下了。

第二天一早，我还在被窝里就听到了小女孩悦耳的歌声。这时候风已经停了，朝阳洒进了房间里。小女孩在大路上唱着手球歌。我抬起头，侧耳倾听。

拍呀，拍呀

夏日就要来临的

八十八夜

原野和远山

都被熏风轻抚

笼上新绿

串串紫藤

浮如海浪

　　我心中突然情绪奔涌。事到如今，这本州的最北端仍被中部地区的人们鄙视为虾夷之地。我真的没想到，自己竟能在这里听到如此优美的发音和爽朗的歌声。正如那位佐藤理学士所说：

　　如果真要谈谈当下的奥州，那就须先承认，如今的奥州有着和文艺复兴到来前的意大利一般蓬勃的发展能力，无论文化还是产业，承蒙明治天皇忧心教育。于是教育的理念迅速蔓延至奥州全境，矫正了奥州土话中很难分辨的鼻音，促进了标准话的推行，将教化的圣光洒遍这一片沉沦原始状态的蛮族居住地……

　　从这惹人怜爱的女孩的歌声中，我仿佛看到了充满希望的曙光，内心思绪万千。

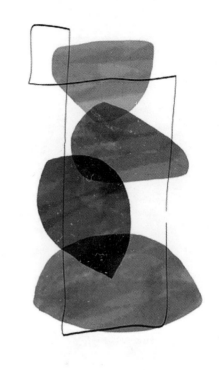

四　津　轻　平　原

津 轻

是本州东北端临日本海一侧区域的古称。齐明天
皇时代，越地国司——阿倍比罗夫治理出羽一代的虾
夷区域，还包括鳄田（如今的秋田）、淳代（如今的能
代）、津轻，乃至北海道。这是"津轻"这一名称在历
史上首次出现。并命此地酋长任津轻郡领。此时，遣
唐使坂合部连石布携虾夷以示唐天子。随行官员伊吉
连博德，回答唐天子所问虾夷之种类，曰：虾夷分为
三类。近者名曰熟虾夷、次者名曰麤虾夷、远者名曰
都加留。剩余诸虾夷，皆自认为其他种族。津轻虾夷
之称，屡屡见于元庆二年（878）出羽的虾夷叛乱之时。
当时的将军藤原保则为平定叛乱，自津轻抵达渡岛，

另将前代未曾归附的众多杂种夷人，尽数收服。渡岛即是如今的北海道。自源赖朝平定奥羽，将其收于陆奥羽下起，津轻便隶属于陆奥了。

青森县沿革

本县地域直至明治初年为止，仍与岩手、宫城、福岛诸县共属于同一国，并称为陆奥。至明治初年，此地共有弘前、黑石、八户、七户、斗南五藩。至明治四年（1871）七月，废弃列藩制度，皆改为县制。同年九月，府县废合。一度所有区域都合并入弘前县。同年十一月，废除弘前县，设立青森县。前述各藩归入青森管辖。后将二户郡归于岩手县，直至今日。

津轻氏

津轻氏出自藤原氏。镇守府将军藤原秀乡第八代后人藤原秀荣，于康和年间（1099—1104）统领陆奥津轻郡。其后，他又居住于津轻十三港，以津轻作为氏名。明应年中（1492—1501），近卫尚通之子政信继承家业。至政信之孙为信时，大有作为。其子孙便分散为几家，成为弘前、黑石之旧藩主。

津轻为信

战国时代的武将。其父为大浦甚三郎守信，其母为堀越城主武田重信之女。津轻为信生于天文十九年（1540）正月，幼名扇。永禄十年（1567）三月，为信十八岁时，成为其伯父津轻为则的养子，近卫前久之义子，并娶津轻为则之女为妻。元龟二年（1571）五月，与南部高信交战，并将其斩死。天正六年（1578）七月二十七日，讨伐波冈城主北畠显村，并吞并其领地。又攻下其近处诸邑，十三年（1585），统一津轻。十五年（1587），面见丰臣秀吉，但于中途受秋田城介安倍实季阻拦，无功而返。十七年（1589），献上鹰、马等礼物，以示与秀吉通好。十八年（1590），征伐小田原之时，迅速出兵接应秀吉军队，获津轻及合浦、外浜一带领地。十九年（1591），出兵平定九户之乱。文禄二年（1593）四月，于上洛拜见丰臣秀吉及近卫家，获准使用牡丹花纹章。又前往肥前名护屋，犒劳秀吉军队。文禄三年（1594）正月，津轻为信受封为从四位下右京大夫，庆长五年（1600）出兵关原合战，加入德川家康大军，西上大垣战斗，获封赏上野国大馆两千石俸禄。庆长十二年（1607）十二月五日，津轻为信卒于京都，享年五十八岁。

津轻平原

横亘于陆奥国南、中、北三处津轻郡的平原。位于岩木川的河谷地域。东起十和田湖之西，向北一直延伸到津轻半岛的山脊，南以羽后境的矢立岭、立石越为分水岭。向西，受岩木山体及海岸一带的沙丘（名为屏风山）所挡。岩木川的源流来自西方，它同自南而来的平川、自东而来的浅濑石川于弘前市北部相汇合后，继续向正北流去。注入十三泻后入海。津轻平原十分广袤，南北约有五十九公里，东西约二十公里。向北，平原的面积逐渐缩小，至木造、五所川原一带便只有十二公里，到了十三潟岸边，仅剩四公里了。

这一片地域土地低平，支流沟壑如同罗网，青森县所生产的稻谷，大部分都出自这片平原。

（以上资料，皆引自《日本百科大词典》）

津轻的历史并不为人所熟知。甚至还有人以为陆奥、青森和津轻是一回事。这倒也可以理解。因为我们在学校所学的日本历史教科书中，"津轻"这个词只出现过一次，还是在十分不起眼的地方。就是在阿倍比罗夫征讨虾夷的那一段写着"孝德天皇驾崩，齐明天皇继位，中大兄皇子立为皇太子，辅佐朝政。派阿倍比罗夫平定当今秋田、津轻一带"这么一句话。这句话里倒的确出现了"津轻"二字，但也仅此而已。不论是小学和中学的教科书，还是高中的讲义里，除了比罗夫这一段之外，其他地方就再没出现过这两个字了。即便是皇纪五百七十三年①派遣出去的四道将军，向北也只走到了如今的福岛县一带，又过了两百年，日本武尊平定虾夷，最北也只到日高见国而已。这个

---

① 皇纪：日本的纪年方式之一，全称"神武天皇即位纪元"。以日本神话中第一代天皇神武的即位元年起算，比现行西历早 660 年。该计算方式于明治时代采用，二战后弃用。

日高见国，大概就在今天的宫城县北部地区。后来，又过去大概五百五十年，推行大化改新，阿倍比罗夫受遣征讨虾夷，这才第一次出现了津轻的名字。可接下来，津轻又沉寂了下去。就算提到奈良时代修筑多贺城（如今的仙台附近）、秋田城（如今的秋田市），平定了虾夷叛乱这些事，都没有再提到过津轻了。到了平安时代，坂上田村麻吕向北远征，进发到虾夷的根据地，大破虾夷，修建胆泽城（如今的岩手县水泽町附近）镇守此地。但是他并没到过津轻。再后来，弘仁年间（810—824）的文室绵麻吕远征，元庆二年（878）藤原保则平定出羽虾夷叛乱，其实这场叛乱中也有津轻虾夷的介入。可是对于我们这种非专业人士来说，提到讨伐虾夷，就只能想到田村麻吕。还有其后大约二百五十年的源平时代初期，那场"前九年后三年"的战争。就算是这个前九年后三年的战争，它的舞台也在如今的岩手县、秋田县，活跃在战争中的也都是安倍氏、清原氏这些所谓的熟虾夷。而都加留这一类生活在更远地区的纯种虾夷的情况，在我们的教科书中根本就没有记载。之后，藤原氏三代，于平泉坐享了百余年的荣华富贵。到了文治五年（1189），源赖朝平定奥州，到了这个时候，我们教科书的重点便逐渐离开了东北地区。到了明治维新时期，奥州诸藩的行动基本如同站起来掸掸袖子，然后又坐了回去一般，毫无萨、长、土三藩的积极性。怎么说呢，只能评价它们是并无大过地搭上了时代的顺风车吧。直到最后，也没留下什么值得记录的东西。我们的教科书在记录发生于远古时代的事时十分恭敬，但是从神武天皇开始直到现代，就只有阿倍比罗夫那一段记录里出现了"津轻"二字，这的确令人感到有些心虚。这期间，津轻究竟做了什么呢？真的只是掸掸衣袖就坐下，然后再掸掸衣袖，又坐下了吗？这两千六百年的岁月里，她就从未走出过家门外，就只是在原地干瞪眼吗？不不，事实应该不是这样的。若是让"津轻"本人来讲的话，她或许会说："别看我好像只是干坐着，其实我很忙碌的！"

所谓"奥羽"其实就是奥州和出羽的统称。而"奥州"，又是陆奥州的简称。所谓陆奥，它原本是白河、勿来这两处关隘以北地区的总称。原意是"道之奥"（michi no oku），只不过省略成了"道奥"（michi noku）。这个"道"（michi）字，在古代方言中又发音为"陆"（mutsu）。于是此处便成了"陆奥"国。此地乃是东海道与东山道的尾端，也是位于最深处的异族居住区，所以被笼统地称为"道之奥"。此外，汉字的"陆"也和"道"同义。

接下来讲讲"出羽"（ideha）。它的意思是"出端"（idebashi）。在古代，人们笼统地将本州中部至东北的日本海方向这一片区域，称为越国。这片区域也处于"深处"，所以它得此称呼的原因应该也和"陆奥"的情况一样吧。人们将这种长久以来都居住着异族，远离王化的地域，称为"出端"。也就是说，它和位于太平洋一侧的陆奥一样，属于久处王化之外的僻壤，于是人们便给它起了这样一个名字。

以上两段文字皆出自喜田博士的讲解，内容可以说是非常简单明了。解说这方面，还是要简单明了才行。既然出羽奥州都已经被认定是王化外的僻壤了，那身处最北端的津轻半岛说不定会被当成是栖息着熊和猴子的野蛮之地。接下来。喜田博士又继续讲解了奥羽的沿革：

赖朝虽平定奥羽，但对奥羽的统治方式并不能与其他地方相同。于是，便以"出羽陆奥属于夷地"这一理由，中止了刚刚开始实施的田制改革，甚至到了不得不下令一切遵循藤原秀衡、泰衡所定旧规执行的程度。因此，位于最北部的津轻地区才会保留当地居民，甚至是虾夷的一些生活旧习。此后，国家注意到直接派遣镰仓武士管理此类地区过于困难，于是便派当地豪绅安东氏任代官，以虾夷管领的身份对此地实施镇抚。

从这位安东氏接手管理津轻开始，关于津轻的历史便逐渐清晰了起来。在那之前，此地只有一些阿依努人栖息的痕迹。但是，万万不可小瞧了阿依努人。他们可是日本先住民的一类，与至今仍残存于北海道的那落寞的一支阿依努人存在本质区别。从他们的遗物、遗迹来看，可要比世界上各石器时代的土器都更加优秀呢。而如今北海道阿依努的祖先，自古代起就一直生活在北海道，很少接触本州的文化，地理位置上的隔绝，自然恩惠上的稀缺，都使其在石器时代未能发展到奥羽地区同族的发达程度。尤其是到了近世，成立松前藩以来，此地住民屡受内地人的压迫，气势彻底消沉，可以说是没落到了极点。相反，奥羽的阿依努人却发展出了旺盛而又独特的文化，其中一部分人迁入内地，内地住民们也积极推进着开拓奥羽的行动，很快，奥羽逐渐和其他地区一样，彻底融入了大和民族。关于这一点，理学博士小川琢治先生做出了如下论断：

据《续日本纪》所记，奈良朝前后，曾有肃慎人、渤海人经日本海远渡至我国。其中尤为重要的两次记录，分别是圣武天皇天平十八年（1406）及光仁天皇宝龟二年（1431）。据说，当时先有渤海人千余名，随后又有三百余名，分别抵达了如今的秋田地区。依照这段史实，不难想象日本与中国东北地区的交通有多么方便。在秋田地区还曾出土过五铢钱，东北地区也曾经存在着祭祀汉文帝、汉武帝的神社，从这些方面也能推测出，此地曾和中国大陆有着直接的交流。《今昔物语》中，也曾记载安倍赖时远渡中国东北的见闻。

如果将这些记载同考古学、土俗学方面的资料相结合，就可得知，这绝不能仅仅被当成是一段随手可弃的故事。我们可以更进一步了解到，当时的东北藩族在推进皇化东渐之前，曾依靠和中国大陆之间的直接交通而获得文化，而正如按目前残存的一些史料所得出的推论一般，我们同时可以确信，这种文化的程度绝对不低。而之所以田村麻吕、源赖义、源义家等武将尝试征服此地却分外困难，也正是因为他们的对手并非头脑简单却又武力精悍的台湾土著。如此想来，此类疑问也就能解释清楚了。

此外，小川博士还补充道：大和朝廷的那些高官之所以时常称自己是虾夷、东人、毛人，原因之一大概在于奥羽地区的住民生性勇猛，自称是他们的一员，会有种时髦的异国风情。这么一想，还挺有趣的。如此看来，津轻人的祖先也绝不是待在本州的北端，每天无所事事吧。可是，从官方记录的历史上却完全看不出什么所以然，我们仅能在前文中提到过的安东氏那一段文字中，对津轻稍稍窥得一二。喜田博士讲道：

安东氏自称安倍贞任之子、安倍高星的后人，并称其远祖为长髓彦之兄——安日。长髓彦因违抗神武天皇而遭诛灭，其兄安日被流放奥州外浜，其子孙后代便是安倍氏。总而言之，此一族自镰仓时代前便是北奥地区的大豪族了。在津轻，口三郡受镰仓幕府管理，奥三郡则受皇家管辖，据说此地为"天下御账未载之无役^①"，就连镰仓幕府的势力都不及此地。委任安东氏管理此处，则此地成了"守护不入之地^②"。镰仓时代末期，津轻的安东氏一族发生内讧，进而发展成虾夷骚乱，幕府的掌权者北条高时便调兵遣将，前去镇抚，但镰仓武士的能力无法镇压住这场骚乱，他们最终还是在举行了一场和谈后，打道回府了。

这么看来，就连喜田博士在谈到津轻的历史时，措辞也显得略有些不自信。就仿佛这地方的历史本就不确切一般。不过，

① 意为：未被载入账本之内，无须缴纳税款。
② 意为：此地禁止守护（官职名）进入实行收税、逮捕犯人等工作。

118

这位于北端的地区在和他国交战的历史上从未输过，这个说法应该是真的。因为这个地方根本不知道什么叫作"臣服"。他国的武将对此也是极为惊讶，只能视而不见，任其自由去了。这一点倒是与昭和文坛中的某位很相似。此事暂且不提，因为不同他国往来，所以便开始了窝里斗。安东氏一族的内讧挑起津轻虾夷骚乱，这便是其中一例。按津轻人竹内运平所著《青森县通史》所说："安东一族骚乱，逐渐扩大为关八州之乱。即《北条九代记》中提到的'天地命运变革之初'。此后，又发展成为元弘之变，最后便到了建武中兴。"或许，这场骚乱反而成了成就大业的一个原因。也可能当时津轻的情况多多少少撼动了国家核心的政局，那么这场骚乱，这场安东氏的内讧，也应该作为津轻历史上的一大光荣伟绩，被浓墨重彩地记录下来。如今青森县临近太平洋一侧，自古便是被称为糠部的虾夷之地，自镰仓时代以来，属于甲州武田氏一族的南部氏便移居此地，势力极为强大。历经吉野、室町时代，至丰臣秀吉统一全国，津轻都在抵抗南部氏一族的控制，而津轻内部则由津轻氏取代了安东氏的统治权，至此，津轻一地方才平静下来。津轻氏传承了十二代，直到明治维新，藩主津轻承昭奉还了藩籍。以上可以说是津轻大略的历史了。关于这位津轻氏的远祖，称得上是众说纷纭。喜田博士也谈到了这一点："津轻地域的安东氏没落后，津轻氏宣布独立，其领地与南部氏领地相接壤，故彼此敌对。津轻氏自称是近卫关白尚通之后裔，但也有说法认为津轻氏是南部氏的分支，又或是藤原基衡次男秀荣之后，又或者是安东氏的一支。众说纷纭，未有定论。"此外，竹内运平就这一点也做了如下说明：

历经江户时代，南部家族与津轻家族之间始终存在着十分鲜明的情感隔阂。之所以会这样，是因为南部氏视津轻氏为祖先之敌，认为其抢夺了自己祖先的领地。而津轻家本属于南部一族，明明身为被官①，却背叛其主。另外，津轻家认为其远祖乃为藤原氏，及至中世时，吸收的则是近卫家的血统。当然，从事实角度来看，南部高信的确被津轻为信所灭，津轻郡中南部一方的诸城池也皆由津轻氏所略。而津轻为信数代之上的祖先大浦光信之母，乃是南部久慈备前守之女，其后数代都自称是出身于南部信浓守之门。由

---

① 日本中世纪服务于上级武士，并担任其家臣的下级武士。

此可见，南部一族将津轻一族视为叛徒，对其怨恨有加，这倒也可以理解。此外，津轻家虽认为自身远祖是藤原、近卫两家，但从当下来看，这种想法并非足够有力、能令我们认同的根本证据来加以证实。说其并非南部氏一支，也同样没有什么可靠的证据加以支撑。津轻地区的古书《高屋家记》将其列为南部家的一支——大浦氏。在《木立日记》中，也记载有"南部与津轻为一家"的内容。近年出版的《读史备要》等书也将津轻为信归为久慈氏（南部氏一族）。迄今为止，还没有发现什么能够否定这些论据的确切资料。然而，就算津轻一族拥有南部氏的血统，也曾经是南部一族的被官，但除了血统之外，这两家同样有着千丝万缕的联系。

由此可以看出，竹内运平的说法和喜田博士一样，避开了下定论的做法。唯有《日本百科大词典》才做出了毋庸置疑、简单直接的定论。于是我将其作为参考，列在了本章的开头位置。

说了这么多，回头再想想，从整个日本的角度来看，津轻的存在是何其渺小啊。芭蕉在他的《奥州小路》之中写到自己出发时的心境时，用了"前路无尽，思绪万千"的说法。可是，他也仅仅向北走到了平泉，也就是现在岩手县的南端罢了。若是要走到青森，还要再多走一倍的路才行。而这青森县面向日本海的半岛便是津轻。过去的津轻，是以全长近九十公里，流经八个城镇的岩木川所冲刷出来的津轻平原为中心的，它东至青森、浅虫一带，西至日本海自北以下的深浦附近，南边差不多就是弘前。分家的黑石藩虽也位于南部，但却拥有其独特的传统，文化气质与津轻藩大不相同。所以可以忽略不算。最北边就是龙飞了。这可真是狭小逼仄得令人感到丧气，怪不得此处一直没有被皇家正史放在眼里。

我就在这"道之奥"的最深处住了一晚，到第二天天亮，船还是不开。于是我们又沿着前一天的来路折回了三厩，在那儿吃了点午饭，再搭巴士直接回了位于蟹田的 N 君家。真试着用两条腿这么一走，又觉得津轻倒也不小了。两天后的白天，我搭乘定期轮渡独自离开蟹田，于下午三点钟抵达了青森港。接下来，我又搭乘奥羽线的列车到了川部，在川部换乘五能线，五点左右到达五所川原。紧接着，我又立即沿津轻铁道，自津轻平原北上。等到抵达我的出生地——金木町的时候，已是暮霭沉沉。蟹田与金木之间的距离其实只有四角形的一边而已，可是这两地之间却隔着梵珠山脉。而且山脉之中并无道路相通，没办法，我只能沿着四角形的其他三个边兜了一大圈，才抵达目的地。一进金木老家，我先走向佛龛，嫂子跟随我走过来，将佛龛的隔挡全都推开。我对着佛龛中父母的照片凝望许久，认认真真地行了礼。然后，我才回到家中的起居室，正式问候了嫂子。

"什么时候从东京出发的？"嫂子问道。

我在从东京出发的数日前，给嫂子寄了一张明信片，告诉她此次想要游历津轻，准备顺路回一趟金木，祭拜一下父母。届时请嫂子多多关照。

"大约一周之前。我在东海岸那儿耽误了几天，给蟹田的 N 君添了不少麻烦。"嫂子应该也认识 N 君。

"是吗？我收到你的明信片，却总等不着你回家，还担心是不是出了什么事呢。阳子和小光她们盼着要见你，每天都轮班去停车场等你呢。后来等得烦了，她们俩里有一个还气鼓鼓地说，就算来了也不理了！"

阳子是我长兄的长女，半年前嫁去了弘前附近的地主家。她和新郎时常跑回金木来玩。这次也是两个人一块儿回的金木。小光是我长姐家的小女儿，性格淳朴。她还未嫁人，所以常来金木帮忙。正说着，这两个姑娘就手拉着手，笑着走出来和我这个嗜酒的不正经长辈问好来了。阳子看上去还像个女学生，并不似嫁了人的模样。

"你怎么穿得这样奇怪！"一见我这身行头，她立即笑出声。

"傻呀！东京就流行这么打扮呢！"

此时，嫂子搀着我那八十八岁高寿的祖母走了过来。

"你可回来啦，可回来啦。"祖母大声说。她本是位精神矍铄的老人，但看上去还是虚弱了一些。

"晚饭要怎么吃？"嫂子问我，"今晚就在这儿吃吗？不过大家都在二楼呢。"

大哥和二哥正在二楼陪着阳子的丈夫，几个人现在好像已经开始喝起来了。

兄弟之间应该保持怎样的礼数？又应亲睦无间到什么程度？其实我并不太清楚。

"如果不添麻烦的话，我也去二楼吧。"我想了想，独自坐在一楼喝啤酒，这显得我怪乖僻的，似乎不太妥。

"你想怎样都可以啦。"嫂子笑了，然后对小光她们说，"那就把饭送上二楼吧。"

于是，我就穿着外套直接上了二楼。哥哥他们安静地在装了金色拉门的和室里喝酒。我慌里慌张地走进去，先和阳子的丈夫打了声招呼：

"您好，我是修治，幸会。"

接着，我又和两位兄长打了招呼，为我的久疏问候致歉。兄长们只是点点头，"嗯"了一声回应我。这是我家的作风，不，这或许也是津轻这片地方的作风。我已经习惯了，所以十分自然地吃起饭来，又默默地喝起了小光和嫂子为我斟的酒。阳子的丈夫倚着壁龛的柱子坐着，脸已经喝得通红。两位兄长以前也都是酒量很大的人，现在酒量却也变小了，互相礼貌地推让着。"来，再来一杯。""不用啦，喝不下了。您再来一杯吧。"

在我这样一个刚在外浜恣意豪饮的人眼中，这幅场景就仿佛发生在龙宫仙境中一般，我愕然意识到，兄长和我的生活真是太不相同了。这令我愈发紧张了起来。

"螃蟹怎么办呢？一会儿再端上来？"嫂子小声问我。我从蟹田带了点螃蟹做伴手礼。

"怎么办呢？"螃蟹这东西毕竟只能算是个野味，和上流的膳品摆在一起，总感觉会把好端端的宴席弄得不入流。我犹豫了起来，或许嫂子也和我想的一样。

"螃蟹？"长兄耳尖地听到了我们的对话，"没关系，端上来吧！也把擦手巾一起拿来。"

或许是有自家的女婿在场吧，长兄看上去格外高兴。

螃蟹很快端了上来。

"你也尝尝吧？"长兄招呼着自家的女婿来吃，自己率先剥开了一只螃蟹壳。

我总算松了口气。

"冒昧问一下，您是家中的哪一位呢？"女婿一脸天真地笑着问我。我先是吃了一惊，转念一想，倒也可以理解。

"哦！那个，我是英治（二哥的名字）的弟弟。"我微笑着回答他。紧接着我又感到有些沮丧，我卑微地想到，自己似乎不应该在这种场合提二哥的名字。于是，我又偷眼瞧了瞧二哥的表情，见他一副事不关己的模样，我便更加心虚起来。唉，算了，管它呢。我干脆从正坐改为盘腿坐，又请小光帮我斟了一杯啤酒。

在金木老家的这几天，我很疲惫。加之，事后我还把这些经历都写了出来，这也不太合适。把自己至亲的事情写成文字，然后又把稿子卖了换钱，才能混口饭吃。像我这般背负如此业障的男人，神明必然会夺走我的故土，令我无家可归。最终，我只能在东京的破屋子里假寐，于梦中看一眼我魂牵梦绕的故土，然后就那么走完一生吧。

第二天下起了雨。起床后，我去二楼长兄的客厅一晃，正碰到他拿着一幅画给自家女婿看。绘着画作的金色屏风有两幅，一幅画的是山樱，一幅展现的是山水田园、闲情野趣。我看了看落款，但却不知道该怎么读。

"这是谁画的呀？"我红着脸，战战兢兢地问道。

"穗庵。"长兄答道。

"Suian？"我还是不认识。

"你没听说过吗？"长兄温和地反问我，语气中并未带有苛责，"他是百穗的父亲。"

"哦！"我倒是知道百穗的父亲也是一位画家，但却不清楚他父亲名叫穗庵，也不知道穗庵的笔法竟如此高超。我这人并不厌恶绘画，不，岂止是不厌恶，我甚至自认为对绘画有些见地、眼力。可是我却不认识穗庵，真是令我颜面扫地。倘若我一见到这屏风，就轻描淡写地低叹一声"哦？是穗庵啊"，那么长兄说不定会对我刮目相看的吧。可我却傻头傻脑地问"这是谁啊"，简直太丢人了。眼看这个失误已是覆水难收，我郁闷不已。不过长兄倒并没有在意我，他转向自家女婿低声说：

"秋田是有些名人的。"

"津轻的绫足还不错吧。"为了扳回一局，同时也为了尽力应酬，我突兀又冒失地来了这么一句。语气仿佛在表达：津轻的画家，大家都会想到绫足吧！其实这也是之前回金木的时候，长兄拿了绫足的画给我看，我才第一次知道津轻竟有如此伟大的画家。

"那又是另一码事了。"长兄用一种完全不想接我话的语气小声说着，坐回到了椅子上。我们三个人原本都是站着在看屏风的，此时长兄坐到了椅子上，他女婿便也在他对面的椅子上坐下了，而我则挑了个离他们俩稍远些的沙发坐了下来。

"这类的画家呢，可以说是更正统吧。"长兄仍是对着自家女婿在说话。他从以前起就不大会直接和我交流。

这么说来，绫足作品中的那种浓郁的厚重感，似乎稍有不慎，离庸俗也仅是一线之隔吧。

"也可以说是文化传统吧。"长兄弓着腰，凝望他女婿，"秋田毕竟有着比较强壮的根基。"

"津轻还是不太行吗？"反正我说什么都会落得个下场惨烈，于是干脆自暴自弃，苦笑着自言自语起来。

"听说……你这次要写写津轻的事？"长兄突然转向我问道。

"是……但是我对津轻还不熟悉，"我突然变得语无伦次起来，"您有什么推荐的参考书吗？"

"这个嘛……"长兄笑了，"我其实也对乡土史没什么兴趣。"

"那种非常大众的，类似津轻名胜古迹指南一类的书呢？也没有吗？毕竟我是真的什么都不知道呢。"

"没有，真的没有哇。"长兄似乎对我这吊儿郎当的德行很是为难。他苦笑着摇摇头，站起身对女婿说：

"那我先去趟农会，那边摆着的书随便看吧。今天这天气可真不怎么样。"说罢，他便离开了。

"眼下，农会那边很忙碌吗？"我问侄女婿。

"是啊，现在正是决定大米配给比例的时候，很忙的。"侄女婿虽然年轻，但毕竟生在地主家，对这些事还是很熟悉的。他还举出各种数据来为我讲解，但其中大半我都听不懂。

"像我这种人，以往其实从未认真考虑过粮食的事，但是眼下这个时代，我从火车车窗里眺望外面的水田，却又能感受它与我们的生活息息相关，心情可以说是喜忧参半了。今年据说温度一直偏低，插秧恐怕也要比往年迟一些吧？"面对这位专家，我不懂装懂地问道。

"应该不要紧。最近虽然寒冷，但是我们也已经想好对策了。秧苗的发育情况也和以往一样。"

"原来如此。"我摆出一副赞同的姿态点点头，"我所知道的，全是昨天透过火车的车窗远眺时，从那片津轻平原所见的景色罢了。那是叫马耕吗？就是给马儿套上犁具去耕田。现在好像基本都是用牛来拉犁耕地了吧。我们小时候那会儿，不光是用马来耕地，就连拉车还有别的什么，也全都用马。几乎就没有用过牛呢。我头一次去东京时，看到用牛拉车还感到稀奇嘞。"

"是嘛！不过马匹的数量也已经变少，大多被拉去打仗了。还有一个原因，就是养牛也不算太费事吧。不过，单说工作效率这一点，牛也就只有马的一半……甚至可能更少呢。"

"说到打仗，你已经……"

"您说我吗？我已经出征过两次了，不过两次都是走到一半就被喊了回来。真不好意思。"侄女婿脸上露出一个健康且无忧无虑的笑容，"希望下次不要再被喊回来了。"他语气自然，轻松。

"咱们这里有没有那种深藏不露、令人钦佩敬慕的大人物呀？"

"哎呀，我也不太清楚。不过在一些钻研农事的人中可能隐藏着这种大人物吧！"

"可能的确如此。"我对侄女婿的话深有同感，"我这个人不太懂得如何讲道理，就只知道一根筋地埋头钻研文学，但是心中难免也有贪恋虚荣之情，结果就免不了矫揉造作，令我深感不堪。我想，那些钻研农事的人倘若被贴了一个农事专家的大标签，说不定也会失去钻研的热情吧。"

"对呀，您说得是！那些报社的人就只顾着不负责任地炒作，拉着人到处演讲啊什么的。好好的一位农事专家，给弄得不三不四的。一旦出了名，人也被毁了。"

"太对了！"我再次对他的话产生同感，"男人可真是悲哀。他们总会受名气所引诱。要说新闻报道这种东西，它本质上其实是美国那些资本家发明的一种无聊玩意儿，简直称得上是毒药啊！人一旦出了名，基本就变成窝囊废了。"

我揪住这奇怪的一点，拼命抒发着内心的郁闷之情。我虽然愤懑不平，但是心底里还是渴望出名的。就是因为这一点，我才必须要时刻提醒自己，不要被这种渴望蒙蔽了心灵。

午后，我撑着伞独自前往雨中庭院散步。感觉这里的一草一木都不曾改变。我想，为了将这栋老宅子维持原样，长兄一定付出了巨大的努力。我站在池塘边，听到了轻轻的"咕咚"一声。抬眼一看，竟是一只青蛙跃入池中。那声音平淡粗浅，但我却一瞬间明白了芭蕉笔下的那首名句——《古池》。以前，我一直不理解它的妙处，也不明白它究竟绝在何处。于是，我便擅自断定它是有名无实的。但其实只是我所受的教育有误罢了。我们在学校里学那首《古池》的时候，老师是如何讲解的呢？——在万籁俱寂的白天，某个阴暗处有一片苍然的古池，此时，"咣当"一声（又不是跳到什么大河里了！）青蛙蹦了进去……啊，余音徘徊，鸟鸣山更幽。

这简直太做作了，真是一首陈腐不堪的劣作！当时我对这首俳句厌恶不已，以至于很长一段时间，我都对其敬而远之。然而就在刚才，我突然意识到事情并非如此。就是因为学校的老师用"咣当"一声来形容，我才一直不理解它。因为这个拟声词显得毫无韵味。其实，青蛙入水只是轻且浅的"咕咚"一声。可以说，这只不过是世界一隅发出的，单薄而微弱的一声罢了。可是芭蕉听到这一声后，却被它所打动。寂寂古池空，咕咚，一蛙入水中。将关注点放在青蛙纵身跃入古池而发出的水声中，再去回味这首作品，会发现它其实很不错，甚至称得上是佳作，至少能将当时檀林派那种扭捏造作、千篇一律的作品踩在脚下吧。可以说，《古池》是进入了别具一格的境界。既无风花雪月，又无风流典雅。它只为清贫单薄之物，赋予同样单薄的命运，仅此而已。当时的那些风流宗匠看到这首俳句，想必大受震撼吧。毕竟，它破坏了风流原有的概念，掀起了一场革新。真正的艺术家岂不正应如此！想到这里，我独自兴奋不已，当晚，我便在旅行手记里写下了如下这段话：

"棣棠独自开，咕咚，一蛙入水中——这是其角所写。我觉得他并不懂俳句。还不如那首'君且嬉来君且闹，无亲无故一雀鸟'更接近俳句的精髓。不过，那首又写得太过露骨，感觉不太舒服。还是寂寂古池空这首最是独一无二！"

第二天是个好天气。我和侄女阳子、侄女婿，还有负责带着一行人吃食的阿亚，四人一道去了金木町以东约四公里的高流（takanagare）山。那座山高度还不足两百米，十分平缓。

阿亚其实并不是女性的名字，它的意思差不多和"老伯"一样，也可以用来称呼父亲。和阿亚相对应的女性称呼是"阿帕"，或者念"阿芭"。我不太知道这些称呼究竟是源自何处，可能是阿伯和阿婆的谐音吧，我也说不准，估计相关的解释也是五花八门。还有，高流这座山的名字也是一样。按照我侄女的说法，它的正确读法应该是高长根（takanagane）。因为山坡斜缓地延展开，宛如长长的根部一样。关于这一点，也是众说纷纭。不过，百家争鸣，不谈定论，这也正是乡土学的一大妙处吧。侄女和阿亚为盒饭的事情忙活，需要耽搁点时间，于是我和侄女婿就先出发了。这一天可真是个好天气。去津轻旅行，一定要挑在五六月份。那本《东游记》中也说：

自古前往北方旅行之人，无一不是挑选夏季出行。彼时草木青翠，风向转为南风，海象平和，并无传闻所讲那般骇人。而吾抵达北方，乃是九月至三月之时。其间从未遇见旅行之人。吾此次出游乃是修行医术，故与一般游赏之旅有别。倘若仅探访名胜古迹，则需谨记应在四月后前往。

这段话可是一位旅行方面的专家说的，所以也请读者们信任且牢记他的忠告吧。这个时节的津轻，梅花、桃花、樱花、苹果花、梨花，还有李花都在盛放。我本来信心十足地先跑到了镇外，但却不知道往高流山的路该怎么走了。其实我也只是在小学时去玩儿过两三回，所以会忘记也很正常。可是，这一片地方竟和儿时的回忆大相径庭，这令我感到十分困惑。

"这附近修了个火车站，样子变得完全认不出了。我也搞不清该怎么去高流山了，高流山是那座山吧？"我用手指了指眼前的一座微微隆起、染着淡淡绿意的丘陵，"咱们就在这儿稍微逛逛，等等阿亚他们吧。"我笑着向侄女婿提议。

"好呀。"侄女婿也笑了，"听说这附近有一座青森县的研修农场呢。"侄女婿要比我更了解这里。

"是吗？那我们找找看！"

研修农场就坐落在这条路向右五十来米开外的小山丘上。据说它是为培养农村中坚力量以及训练拓荒农民而修建的。在本州岛最北端的平原之上，竟然有如此华丽气派的建筑，可以说是有些奢侈了。据说秩父亲王在第八师团任职时，曾对这座农场施以莫大的援助。所以讲堂也修建得极为庄严宏大，实为地方罕见。此外，还有工场、饲养家畜的舍圈、堆肥处，宿舍等。这种种景象，不禁令我大睁双目，吃惊极了。

"欸？我真的一点都不知道这件事啊。金木能受得起这么大的恩惠吗？"我嘴上这么说，心里却高兴极了。看来，自己出生的这片土地，也在暗暗努力，拼命进步呢！

农场的入口处立着一大块石碑，上面庄重地刻下了数次亲王到访的光荣历史。

昭和十年（1935）八月，朝香亲王驾临。

同年九月，高松亲王驾临。

同年十月，秩父亲王同王妃驾临。

昭和十三年（1938）八月，秩父亲王再次驾临。

拥有这样一座农场，金木的居民是有理由骄傲自豪的。不仅仅是金木，这也是津轻平原永恒的荣耀。在那片被称作实习区的土地上，从津轻各部落选拔出来的农村模范青年开垦了旱田、水田和果树园。这一片片无限美好的景象，就展开在一众建筑物的背后。侄女婿在实习区附近走来走去，仔细观察着耕地。

"这可真了不起呀！"侄女婿叹了口气，感慨道。他出身地主家庭，所以肯定要比我这样的人懂行得多了。

"啊呀！是富士山！真棒啊！"我大叫起来。当然，我所指的并非真正的富士山。而是那座被称为津轻富士的岩木山。岩木山海拔一千六百二十五米，此时正轻柔地漂浮在满眼的水田尽头。她的确就是那般灵动，青翠欲滴，绿意盎然，看上去要比富士山更加柔美，她仿佛铺展开了衣角的十二单衣，又宛如一根倒放的银杏叶片，左右对称，宁静地飘浮在青空下。岩木山绝非高山，但她却称得上是一位清秀而又娇艳的美人。

"金木也是很不错的嘛。"我慌忙说道，"是真的很不错。"我努了努嘴，又重复了一遍。

"的确不错呀。"侄女婿语气沉稳地说道。

在这次旅行之中，我曾从各种角度远眺那座津轻富士。从弘前看过去时，她是那么厚重庄严。我不禁感慨，岩木山的确是属于弘前的。可是，当我从津轻平原的金木、五所川原、木造一代远眺岩木山，她那端庄而又纤细的身姿又令我无法忘怀。从西海岸这一侧所见到的山容实在不够好。松松垮垮，毫无美人的姿态。曾有传说：能够一窥岩木山倩影之处，粮食丰产，美女如云。且不提粮食是否丰产，北津轻这片土地的确能够看到漂亮的岩木山，但是美人嘛……说实话，我心里没底。不过也可能是我这个人的观察太过浅薄了吧。

"不知道阿亚他们走到哪儿了？"我突然担心起来，"他们不会匆忙往前赶了吧？"我们两人被这座农场的设备和风景深深吸引，竟把阿亚他们两人的事给忘了。我们立即沿着原路折返了回去，四处寻找他们。此时，阿亚突然从旁边的一条野路探出头来。他笑着说："我们刚才一直在分头找你们呢。"阿亚就在这附近的野地里搜寻，侄女则沿着向高流去的路直奔而去，准备追上我们。

"这可真是对不住她了，估计阳子都跑出去很远了吧。喂——"我向着前方大喊了一声，但是并没收到任何回应。

"咱们走吧！"阿亚提了提肩上的行李，"反正只有这一条路嘛。"

云雀在天空下歌唱。时隔约二十年，我再次漫步在故乡春天的小路上。一侧的草坪上处处生长着繁茂低矮的灌木，其间还分布着小池。地势的起伏也十分平缓。若是在过去，那些城里人一定会夸赞这里是打高尔夫的绝佳场地。还有，看吧，现在这片原野已经处处是开垦的痕迹，民宅的屋顶也都闪着耀眼的光。阿亚逐一为我讲解：这边是重建的村落，那边是隔壁村子的分村，等等。听着他的话，我心底油然生出一种感受：金木终于开始发展，走向繁荣了啊。不过眼看快要走到山坡入口了，却仍是不见阳子的踪影。

"阳子究竟去哪儿了呢？"我继承了我母亲爱操心的性子。

"哎呀，应该没走远的吧。"新郎有些害羞，但还尽力表现出一副泰然的模样。

"总之先找人问问吧！"我摘下了人造棉制的帽子，对路旁在田中劳作的农民行了个礼问道，"您有没有见到一个穿着洋装的年轻女孩打这里路过？"

对方回答："看到过。那个女孩子很匆忙，是跑着过去的。"

我想象了一下，在春天的小路上，侄女急匆匆地跑着追在新郎身后的样子。那景象也与春光一样宜人啊。爬了一阵子山，便见侄女面带微笑，就站在落叶松的树荫下等着我们。她说都跑到这里还没见到我们，想必是随后才会到，于是就在这边采了些蕨菜。她看上去没有丝毫的疲态。这附近可以说是野菜的宝库，长满蕨菜、土当归、蓟菜、竹笋等。到了秋季，又将盛产乳菇、滑子菇等菇类。按阿亚的说法"仿佛铺满了山坡一般"，遍地都是。甚至有人为了采摘，专门从五所川原、木造等地远道而来。

"阳子小姐可是采菇的高手呢。"阿亚又补充道。

"听说亲王殿下也曾经来过金木呢。"我一边爬山一边问道。听我这样问，阿亚改用一种更郑重的语气道：

"是的。"

"那可真是件荣幸事呀。"

"是啊。"阿亚的语气有些紧张。

"亲王殿下似乎常来金木这样的地方呢。"

"是呀。"

"他是乘汽车来的吗？"

"是的，殿下是乘汽车来的。"

"阿亚你也见到殿下了吗？"

"是的，我有幸见到了。"

"阿亚很幸运呀！"

"是啊。"

他如此答着，伸手抓起缠在脖子上的毛巾，擦了擦脸上的汗水。

黄莺正唱着歌。堇花、蒲公英、野菊花、杜鹃、白溲疏、木通、野蔷薇，还有很多很多我不知道名字的花儿在山路两侧的草地中欣欣向荣地盛开着。低矮的柳树、槲树都生出了新芽。随着山势增高，沿路的矮竹林愈发密集。虽然这座小山海拔不足二百米，但视野却非常开阔。站在山头，简直能够将津轻平原的边边角角都尽收眼底。我们驻足俯视着脚下的平原，一边听着阿亚的解说，一边走走停停，一路远眺着津轻富士，赞美着她。不知不觉间就走到了山顶。

"这就是山顶吗？"我略有些沮丧地问阿亚。

"是的，这就是山顶了。"

"这就到山顶了呀。"我嘴上这样讲，但内心却已经沉浸在津轻平原这一片春意盎然的美景之中了。岩木川宛如一根细长的银丝，熠熠闪光，而坐落在银丝尽头的，恐怕是田光沼吧！它正闪耀着如古镜般柔且钝的光芒。再向远眺，更远处朦胧宛如笼着一层云雾的，似乎就是十三湖。十三湖也称十三潟，在《十三往来》这本书中曾有记载："津轻大小河流约十有三，流至此地聚而成大湖。且不失各河川固有本色。"位于津轻平原北部的这片湖水，是以岩木川为首的大小十三条河流汇集而成的。湖周约为三十一公里。但是，河川冲刷而来的沙土使得湖底变浅，最深处恐怕也仅有三米左右。由于有海水流入，湖水变成咸水。不过从岩木川注入的河水量也不少，所以河口附近还属于淡水。湖中也同时栖息着淡水鱼和咸水鱼两种。在湖水面向日本海一侧的南口附近，坐落着一个叫作十三的小村镇。据说，这附近在距今七八百年前已经被津轻的豪族安东氏开垦，成了安东家的大本营。在江户时代，它还和同位于其北部的小泊港一同负责运输津轻的木材、米谷，可以说是盛况空前。不过如今眼前已早不见当年的繁华了。从十三湖往北看，就能看到权现崎了。不过这一片地域又属于国防重地了；让我们将视线转换一下，越过前面的岩木川，向着更远的远方，那青绿色的爽朗一线望去。那儿就是日本海。七里长浜尽收眼底。北起权现崎，南至大户濑崎，一览无余。

"这可太棒了，换作是我，就要在这里建座城池！"我说到一半，就被阳子抢白道：

"到了冬天可怎么办？"她这么一说，我顿时噎住了。

"哎呀，要是不下雪就好了。"我略感忧郁，叹息道。

我们走到山背面的谷底，在河边打开了餐盒。冰镇在溪流中的啤酒也很可口。侄女和阿亚两人喝的是苹果汁。正在此时，我不经意一瞥。

"蛇！"

侄女婿一把抱起脱在一边的上衣，站起了身。

"没事没事！"我用手指了指山谷对岸的岩壁，"它应该是

144

想爬上那边的岩壁吧。"

只见那蛇从奔腾的激流中猛地探出头,眨眼间就在岩壁上爬了一尺高,但转眼间就跌落下来。它再次蜿蜒向上爬,可是又再次跌落。它就这样锲而不舍地重复了二十回左右,最后恐怕是太累的缘故,它只得浮在水面,随波逐流,长长的蛇身被水推动着向我们所在的岸边漂来。就在此时,阿亚猛地站起身。他抓起一根不到两米长的木枝,悄声走过去,然后猛地刺入溪流中,发出"扑哧"一声,我们纷纷移开视线。

"死了吗?死了吗?"我的语气显得十分可怜。

"被我处理掉了。"阿亚将其连同树枝一道扔进了溪流中。

"是蝮蛇吗?"我仍感到很怕。

"倘若是蝮蛇,我就活捉它了。刚才那条只是锦蛇。蝮蛇胆可是能做药材的呢。"

"这山上也生息着蝮蛇对吧?"

"是的。"

我情绪沉郁地喝起了啤酒。

阿亚第一个吃完饭，拖来一根圆木，又将其投入溪流中，用脚踩着飞身跳到了对岸。紧接着，他又爬上了对岸的山崖绝壁，看样子是在采摘些土当归、蓟菜之类的山野菜。

　　"看上去好危险啊。倒也不必专门爬到那么危险的地方去采摘吧。别的地方不也长着很多野菜嘛。"我看得心惊肉跳，一个劲儿批评着阿亚的冒险行为。

　　"阿亚一定是太兴奋了，所以才特意爬到那么危险的地方，他是想向我们展示他的勇敢呢！"

　　"是呀是呀。"侄女大笑着赞同道。

　　"阿亚！"我大声呼唤他，"差不多啦！太危险啦！快回来吧。"

　　"好的。"阿亚回答道，灵巧地从崖壁滑下来。我这才终于放心了。

　　回程是阳子背着阿亚采到的野菜。我这个侄女一向如此不拘小节。回去的路上，就连我这个在外浜时还被称赞是"脚力尚存"的人都疲劳不已，累得没劲儿聊天了。从山上走下来时，听到了布谷鸟的叫声。城镇边的木材厂里堆着成山的木材。手推车来来往往，好不热闹。真是一派繁荣富饶的乡间风景。

"看来，金木也是很有生机的嘛。"我突然冒出这么一句。

"是嘛。"侄女婿恐怕是有些累了，搭话的语气无精打采的。

我却突然有些羞赧起来。

"哎呀，我走得久了，所以也不大清楚呢。不过总记得十年前的金木不是这个样子的。它当时看着像是座越来越萧条的村镇，全非现在的模样。眼下感觉金木又重振雄风了一般。"

回到家后，我告诉长兄，感觉金木的景色也很不错呀。于是他回我道："人上了岁数后，会愈发觉得生养自己的那片土地的风景，要比京都啊奈良之类的地方都美呢。"

翌日，我们前一天出行的队伍再加上长兄夫妇，一道去了位于金木东南方约六公里远的鹿子川池塘。正要出门时，刚好有客人来拜访长兄，于是我们其他人就先出发了。大嫂穿了一条束腿裤，一双白布袜子，脚踩一双草鞋。或许大嫂自嫁到金木这里，还是头一次走去六公里开外的地方呢。那天的天气也非常好，气温比前一日还要更暖和些。由阿亚带路，我们沿金木川边森林铁路的轨道一直向目的地走着。轨道的枕木之间的间隔设置得很令人恼火，跨一段嫌太窄，跨两段又嫌太宽。难走得要命。我一早就累到懒得讲话，只一个劲儿擦汗。天气太好了，反而会让旅行者感到疲惫，丧失出行的兴致。

"这儿就是大洪水留下的遗迹。"阿亚停下了脚步讲解道。河川附近一侧的数顷田地里，散乱着巨大的树根和木材，就仿佛刚刚经历过一番激战的战场。就在前一年，这里被大洪水所侵袭，就连我那八十八岁的祖母都说，从未见过如此恐怖的景象。

"这些树都是从山上冲下来的。"阿亚表情悲伤地说道。

"真可怕啊！"我擦着汗水回他，"当时这儿肯定淹成一片汪洋大海了吧。"

"是啊，当时真的淹成海了。"

辞别了金木川，我们又沿着鹿子川走了一会儿，总算是逃离了森林铁路的轨道。稍向右拐了一段，一汪周长目测超过两公里的池塘出现在眼前。池中之水苍然满盈，真可谓是鸟鸣"水"更幽了。据说，这附近以前是一个深谷，叫作庄右卫门泽。将谷底的鹿子川水堵成一汪池塘，还是昭和十六年（1941），也就是最近的事了。池水边的大石碑上还刻着长兄的名字。水池周围还留有施工时的痕迹，那些被采挖后裸露出赤色土壤的绝壁还赤裸裸地裸露在外面。看似少了些天然的庄严感，却也能令人感受到金木这座小村镇的力量。我这轻佻的旅行评论家，站在原地抽着烟，一面张望着四面八方，一面做出了如下一番随心所欲的感想：

这种人工使然的成果，也勾勒出了一片悦目的风景嘛！

接着，我又满怀自信地引领众人向池畔走去。

"这里不错，我喜欢这儿！"我说着，在池边一片树荫下坐了下来，"阿亚，你来瞧瞧，这树应该不是漆树吧？"我对漆树过敏，旅程还未结束，万一碰到这玩意儿可就郁闷了。阿亚看了看，告诉我这并不是漆树。

"那么那边那棵呢？感觉有点可疑啊，你去看看。"虽然大家都被我逗笑了，但是我本人可是很严肃的。阿亚说那边那棵也不是漆树。我这才放下心来，当下准备打开饭盒吃起来了。喝了几口酒后，我心情大好，逐渐打开了话匣子。

我提到自己读小学二三年级时的一段经历。那时候我们曾远足去了离金木有大约十四公里的一个叫作高山的地方。那地方就坐落于西海岸边，我们都是头一次看到海，当时甭提多兴奋了。

　　当时带队的老师也兴奋得要命，他让我们排成两队，面朝大海合唱《我们是海之子》。我们明明都是头一次见到大海，却唱起了"我们是海之子，白浪滔天，我们就在礁石畔，松林边"这种生在海边的小孩才应该唱的歌曲。这也太别扭了。我当时还小，但也感到羞耻，心里乱乱的。我在那趟远足中异常在意着装，还特意精心搭配了一身衣服。我头戴宽檐的麦秸帽，还拿着一根兄长爬富士山时用的白木手杖，那手杖上还清晰地烙着好几方神社的印章。老师明明强调要尽量轻装出行，却唯独我一人穿着麻烦的裙裤，脚蹬长袜和系带的中高筒靴。出发时一副千娇百媚、风姿绰约的模样。结果还没走出四公里，我就累傻了。我先是把裙裤和靴子都脱了下去，接着又被迫穿上了草鞋。这破草鞋还不成对，一边带子是红色的，一边缠的是草绳，两只草鞋的鞋底还不一样高。后来，我的帽子也拿了下来，手杖也请别人帮着拿了。再后来，我终于还是坐上了学校租来为拉病人而专门准备的货车。到家的时候，我单手拎着靴子，拄着木杖，早晨出门时的风光模样早已一丝不见……

听我绘声绘色地讲完这段过往，大家都笑了起来。

"喂！"

我突然听到呼唤声，是长兄！

"在这儿呢！"我们也纷纷回应。阿亚急忙跑着去迎接。只见长兄拎着一把登山镐走了过来。可不巧的是，我们已经把手头带着的啤酒全喝光了。真是尴尬。长兄迅速吃过饭，一行人向水池尽头走去。突然一阵响亮的振翅声，有水鸟从池上飞走了。我和侄女婿互相看了一眼，又下意识地互相点了点头。因为我俩都没自信认出那水鸟究竟是大雁还是野鸭。总之是一只野生的水鸟，这一点肯定错不了。此刻，我突然感受到了深山幽谷间的精气。而长兄却只顾弓着腰默默走路。上一次和长兄一道如此出行，是多少年前的事了呢？记得大约十年前，在东京郊外的某条无名野路上，长兄也是如这般弓着腰，沉默着走在前面。而我在他身后数步之遥，仰望着他的背影独自啜泣着，跟随着他。从那之后，我们就再未像今天这般同行过吧。关于那件事，我想长兄至今仍未原谅我。或许我这一生都无法得到他的原谅了。我们的关系就仿佛一个裂了缝的茶碗，再无法恢复原样。无论怎么做，都回不到从前了。而津轻人的性格又尤其跨不过这些嫌隙的沟坎。或许这就是最后一次了吧，自此以后，我恐怕再没机会像这样和长兄一道出门散步了。水流冲下的声音逐渐清晰高亢起来。池塘的尽头就是这儿的一处名胜——鹿子瀑布。没过多久，一条高约十五米的细长瀑布就出现在了我们脚下。也就是说，我们是沿着庄右卫门泽一侧仅宽一尺的狭窄小路走过来的。在我们右手边是触手可及、宛如屏风一般的山体，左手是断壁悬崖。瀑布潭则泛着深沉的青绿色，盘踞在谷底。

"哎呀，我怎么感觉有点眼晕了。"嫂子半开玩笑般地说着，紧抓阳子的手，畏畏缩缩地走着。

右手的山腹一片正盛开着美丽的杜鹃。长兄肩上扛着登山镐，一遇到有杜鹃竞相绽放的地方，他的步子就会放缓一些。紫藤花眼看着也要盛开了。脚下的路逐渐变为缓坡，我们已经走到了瀑布口。这小溪流的宽度不足两米，正中间还放着一个木头墩。只需要踩着它，两大步就能跨过溪流了。我们一个接一个地越过溪流，最后只剩大嫂还留在对岸。

"我不行的。"大嫂只是笑，但看样子丝毫不想跨过去。她腿脚僵得很，根本跨不开步。

"你把她背过来吧。"长兄吩咐阿亚。可是阿亚走过来，她却仍是笑着不停摆手，连连退缩。这时阿亚突然发起一阵怪力，抱了一根巨大的木桩，扔到了瀑布口。这么一来，桥也给搭好了。嫂子总算迈步向对岸走过来，但仍是畏首畏尾。她扶着阿亚的肩膀，半天才走到一半。而后半段水位较浅，她干脆从桥上跳进水里，哗啦哗啦从水里蹚了过来。于是，裤脚、白布袜子还有草鞋就全都湿了。

"哎呀，我这样子简直就和从高山回来一样嘛。"嫂子突然想起了我刚才讲的那段在高山远足时的悲惨经历，于是笑着说道。听她这样讲，阳子和侄女婿也大笑起来。此时长兄回过头问：

"欸？你们笑什么？"

他这么一问，大家都不笑了。我见长兄一脸的疑惑，于是想同他解释一番。可我当时的经历太傻气了，我实在是鼓不起勇气再讲一遍"高山之旅"。于是，长兄又再次沉默着向前走去。长兄总是这般孤独。

五　西海岸

我在前文中曾数次提到过，我虽生在津轻、长在津轻，但迄今为止却仍可以说是对津轻这片土地一无所知。面向日本海一侧的津轻西海岸这一带，我除了小学二三年级的那次"高山之旅"外，就再没来过了。高山其实只是海滨的一座小山，它就位于金木正西方约十四公里的位置。走过一个名字叫车力、住户约五千人的大村子后，马上就抵达高山了。据说那儿供奉的稻荷神君十分有名。然而那只能算是年少时的回忆了。如今只有着装失败这件事在我心中留下了浓重的一笔，剩下的一切已是面目模糊。所以，我也早有计划，想趁这次机会好好逛逛津轻的西海岸。游赏过鹿子川池塘的第二天，我便从金木出发，抵达五所川原。上午十一点，我在五所川原站换乘五能线的火车，不到十分钟就抵达了木造站。这儿仍在津轻平原的范围内。

我打算稍稍逛逛这座城镇。下车后打量了一下，感觉这地方的气质很是古旧而闲散。木造的居民四千余人，似乎比金木略少一些，但是这座城镇的历史更为悠久。精米厂发出咚咚咚的机器声，听上去很是慵懒。不知谁家房檐下的鸽子正在鸣叫。这儿是父亲出生的地方。我金木那边的老家代代只有女性，几乎只能招上门女婿入赘过去。父亲是此地一户 M 姓世家的老三。被我家招上门后做了不知哪一代的当家。我父亲在我十四岁时就过世了，关于父亲其人，我几乎可以说是一无所知。说到这儿，我又要引用自己的小说《回忆》之中的片段了：

　　我的父亲非常忙碌，很少回家。就算在家，也不和我们这些小孩相处。我十分畏惧父亲。我一直很想要父亲的钢笔，但是却不敢说出口。我独自苦恼良久，决定某天晚上在被窝里闭着眼假装说梦话，就一直低声喊着"钢笔，钢笔"。我想让在隔壁和客人谈话的父亲听见我的"梦话"。当然了，我这番呼唤似乎既没钻进他的耳朵里，也没被他放进心里。有一次，我和弟弟在堆了一堆大米袋子的宽敞仓库里玩儿游戏，父亲就站在仓库门口大声呵斥："小子！出来！出来！"光线从他背后照射进来，我眼中父亲的身影高大魁梧，漆黑一团。事到如今，回忆起当时的那种恐惧，我仍然感到不适。（中略）

第二年春天，积雪还很深的时节，父亲在东京的医院呕血去世了。附近的报社刊载号外发了父亲的讣告。比起父亲去世这件事，我对这种大张旗鼓的轰动更感兴奋。我的名字也列在遗族名单里登了报。父亲的遗体安放在巨大的棺木中，被雪橇运回了家乡。我和大批村民一道跑去临近隔壁村的地方迎接。不久之后，从森林的暗处跃出几台雪橇。雪橇上覆盖的棚子就沐浴在月光之下。我凝望这一幕，赞叹它的美妙。第二天，我们家里人都聚到了放置父亲遗体的佛堂。棺盖被挪开后，大家都哭出了声。父亲看上去仿佛在沉睡，高高的鼻梁肤色青白。我一听到大家的哭声，也忍不住被带着哭了起来。

关于父亲的回忆，我大概也就只能讲出这些来了。自父亲去世，长兄就变得和父亲一样令人畏惧了。但也正是如此，我也才会安心地依赖着他。而且，我也从未因失去父亲而感到寂寞。然而，随着年龄增长，我开始冒失地胡思乱想起来：父亲究竟是个什么样的人呢？住在东京的破房子里时，我有次打盹做了个梦。我梦见父亲出现在我眼前，他告诉我说，自己其实没有死，只是出于政治上的权衡，不得不躲藏了起来。在梦中，父亲的样子要比我印象里的苍老些，也疲惫些。看着他的模样，我心底里涌起一股浓浓的思念之情。这个梦做得虽然颇为无聊，但是我最近的确异常地想要去了解父亲。父亲的兄弟们肺部都不太健康。父亲虽然没有染上肺结核，但也是因为某种呼吸系统的疾病导致吐血身亡的。父亲是五十三岁去世的。我当时还小，所以那时候觉得他已经很老了，应该算寿终正寝吧。可是如今再想想，年仅五十三岁就去世了，这算什么寿终正寝，简直是英年早逝啊！我擅自认为，如果父亲还能多活几年，他或许还会为津轻做出一番更加伟大的贡献。

我一直想亲眼见见，父亲是生在什么样的家庭，又是在什么样的地方长大的。木造的街道只有一条，路两旁是整齐排列的民宅。在那些民宅背后，延展开一片片翻得十分规整的水田。

水田间处处栽着白杨，排成林荫道。这次来津轻，我还是头一回见到白杨。虽然在别处应该也见了不少，可是木造这儿的白杨却在我脑中留下了最为鲜明的印象。它们薄绿色的新叶在微风中轻轻摇摆，分外惹人怜爱。从这儿遥望津轻富士，那姿态也与在金木所见分毫不差，是一位弱柳扶风的美人。按传说，这地方所见的山景如此美丽，那应该盛产稻米和美人吧。这里的确是盛产稻米的，再说美人，会是如何呢？该不会也和金木一样，令我只能保留意见吧？我甚至怀疑，这个传说会不会其实是说反了，能看到岩木山曼妙一面的地方，其实……哎呀，我不能再说下去了。谈论这种话题总是多有不便的。我只是在这街上转了一圈的凉薄旅客，或许并不该下此定论。

那天也是个好天气，唯一的一条从车站延伸出的街道铺着混凝土，路面氤氲着些许烟云，就好似一层朦胧的春霞。橡胶鞋底踩在路面上，就像猫走路一般不出声响。我在春日的一片和煦中走着，脑子也变得昏昏沉沉，竟然还把木造警察局读成了木头造的警察局。我还兀自点点头："对呀，这建筑确实是木头造的。"等醒过神来，不禁苦笑。

木造同时还是一座"小天"之城。所谓"小天"，其实在过去银座到了下午日光增强，各家商店会齐齐将遮阳棚展开。说到这儿，想必诸位读者应该都曾凉爽地从这种遮阳棚下走过吧。这么看来，这连接起来的遮阳棚就仿佛临时搭起的一条长长的走廊一样了。那么，如果那条长长的走廊不是遮阳棚，而是每家房檐延伸出来了两米左右宽的一截坚固且永久性房檐，就变成了北国的"小天"。"小天"差不多就是这样的一种东西。不过，"小天"并不是用来躲避日照的。它可没那么时髦。当到了冬季，大雪积得很厚时，为了让各家之间保持联络通畅，于是每家每户都将房檐延伸出来，搭出一条长长的走廊。这样一来，就算外面风雪交加，也不担心受其影响。人人都可以放心出门购物。所以这"小天"也被当地人视为珍宝。它还是孩子们的游乐场，而且也不像东京的人行道那样危险。雨天人们走在长廊下，也不会被淋。还有我这样在和煦春日来访的旅人，正好可以到这遮阳棚下享受凉意。虽然坐在店里的人一直目不转睛地盯着我瞧，搞得我有些尴尬。嘻，无所谓了，总之这走廊帮了大忙。说到"小天"这个词，一般说法都认为"小天"其实是"小店"的谐音。但我总觉得拿它对应汉字"隐濑"或隐日，似乎更方便理解。想到这儿，我竟独自窃喜起来。沿着这小天长廊一路走下去，我便走到了 M 药品批发店。这儿就是我父亲的老家了。我仅仅路过，并没有走进去，而是选择继续在这条小天长廊下直行。走着走着，我又有些迟疑了，这条街的小天实在太长了。津轻的老街大多也都修了小天，但是像木造这儿一样整个城市全都靠小天贯通，连成一体的，实属少数。木造干脆改名叫小天算了。我又走了一段路，小天总算走到头了。我长叹一口气，向右转身折返回去了。

　　迄今为止，我还从未踏进过M家的家门。而且，我也从未来过木造町。或许我儿时曾被人领到这里玩儿过吧。但我现在早已毫无印象了。M家这一代的当家要比我年长四五岁，是个很热情的人。以前他时常去金木玩儿，和我也很相熟。所以，我这次来访，应该也不会惹他不悦吧……但是，我出现得着实太唐突了。我这一身行头又脏又破，来意不明，要是再堆着一脸谦卑的讪笑，跑去人家家里，M先生大概会吃了一惊，心想："这家伙是不是终于在东京混不下去，于是现在跑来我家借钱了？"要是我和他解释说，自己是想在死前看看父亲的老家，人家也只会觉得我装腔作势吧。男人到了这岁数，那种理由真是难以启齿……不然，我还是走吧。就这么闷闷不乐地犹豫着，结果再次踱到了M药品批发店的门口。我又一想，以后恐怕就再也没机会来了，就算受辱又何妨！进去吧。我当即下了决心，走进大门，对着店里喊了声"打扰"。

闻声，M先生走了出来。"啊！哎呀呀！真是稀客啊！快进来！"他没等我再多说一句话，就赶忙大力拉着我走进客厅，又十分强势地把我按在了壁龛的上座。"噢对了对了！快上酒呀！"他对家里人吩咐道。过了不到二三分钟，酒已经端上来了。真是神速。

"好久不见，真是好久不见呀！"M先生自己也大口地喝起酒来，"你多少年没来木造了？"

"不记得了，就算小时候来过，到如今也有三十年了吧。"

"就是呀，我估计也是了。来来，快喝吧。既然来了木造就不要拘谨了。你能来我可太高兴了！真的！"

M家的房间布局和金木老家非常相似。听说，金木现在的房间布局是父亲入赘过来不久后亲自设计的，当时做了很大一番改造。原来，父亲只是把布局改成了和自己老家一样啊。我似乎有些理解父亲作为赘婿的那种心理了，于是不禁微笑起来。注意到这一点后，我发现M家院子里那些树木石头的摆放，看上去也十分眼熟。单凭这一点小小的、微不足道的发现，我仿佛就已经感受到了父亲的人格品性了。这次能走进 M 家，实在是太值得了。

M 先生似乎准备好要盛情款待我一番。

"不必，不必费心了。我一点钟还要乘火车去深浦。"

"去深浦？去那儿干什么呢？"

"也没什么事，就是想去看看。"

"是要写在书里吗？"

"是，确实也准备写进书里。"

我没把"也不知道什么时候会死，所以去看看"这句会让对方扫兴的话说出口。

"那你是不是也会写写木造呀。要是准备写写木造的话呢——"

M 先生毫无拘束地说："那首先，可以写写我们这儿的稻米供给量，根据警察局所辖区域内的统计，我们木造地区可是全国第一！厉不厉害？全国第一哦！我想，要说这是我们努力的结晶，可丝毫不为过呢。这一带的水田缺水时，我还跑去隔壁村里借水，所以才有了这一番好成绩呢！我这烂醉虎①，竟变成水虎大明神了。其实啊，我们这些人虽是地主，但也并不会游手好闲。我脊椎不太好，可也曾经下地锄过草哩。哎呀，下次说不定你们住在东京的人，也能配给到一大份好吃的白米呢！"他这样说着，显得开心极了。M先生从小就是这样一个心胸开阔的人。他还生了一双孩童般溜圆的眼睛，显得极富魅力。据说他也深受当地的人们所敬爱。我使出浑身解数才拒绝掉他的盛情挽留，总算赶上了下午一点开往深浦的火车。我从心底里祈祷，希望M先生能够幸福安康。

从木造搭乘火车，沿五能线约行驶三十分钟，途经鸣泽、鲹泽，大概就是津轻平原的尽头了。接着，列车又沿日本海海岸行驶，向右眺望可以看见大海，向左则能看到出羽丘陵北端绵延的山脚。就这样过了一个小时，右边窗外赫然展开一片大户濑的奇绝风景。

这片土地的岩石看上去全部是凝灰角砾岩，它们受到大海的侵蚀，被冲刷得极为平坦。斑驳的绿色岩盘形似妖怪，在江

---

① 原文：大卜ラ（大虎），指喝得烂醉如泥的人。

户时代末期露出海面。眼下，这片海滨已经变成一片能够同时坐下数百人举办宴会的场所了，所以它有了"千叠敷"①这样一个名字。那些岩盘上处处可见圆形孔洞，里面还盈着一汪汪海水。那模样像极了斟满好酒的巨大酒杯，于是被称为"杯沼"。不过，能把这么多直径一到二尺的大窟窿当作酒杯，看来给这地方起名字的人也是个大酒豪了。

这地方的海岸奇石耸立，怒涛不断拍上来，冲洗着岩石脚下。——怎么说呢，这种名胜导览手册一样的写法，倒也不错吧。不过，这里并不似外浜北端海滨那般形状奇异，甚至可以说是普通得随处可见。而且，它身上也并没有津轻独有的那种乖僻艰涩，令其他地方的人很难理解的气质。也就是说，这里早已成为一片开化地，它已被人类的双眼所陶冶、驯服得十分明朗了。

前文中曾提到的竹内运平也在《青森县通史》中提到过：此地再往南，过去便不是津轻领地，而是隶属于秋田。庆长八年（1603）与临藩佐助氏商谈过后，此处才被编入津轻领土。我

---

① 千叠敷：本指几乎能铺 1000 张榻榻米的大厅，在此指由基岩形成的、广阔的台地状地形。多见于海岸及河床。

呢，不过是路过此地的一介旅人，凭着我那不负责任的直觉来看，这片地方看上去的确不像津轻。在这里，丝毫不见津轻那不幸的宿命感，以及津轻特有的"笨拙感"。关于这些，光是远眺此处的山水风光，就能感受到。这里的一切都显得那么聪慧，或者说，都显得那么有文化。丝毫没有愚蠢和傲慢的态度。

从大户濑再行驶四十分钟，就到了深浦。这座海港小城同样展现出渔村常见的温和样貌，绝没有一丝多嘴多舌的市井做派。说得难听点呢，就是摆出一副机灵且绝不吃亏的模样，沉默地对旅客迎来送往。也可以说，他们会对旅客表现出一种完全不感兴趣的态度。当然，我举深浦的这个例子，并不是把它当作此处的一个缺点来讲的。我觉得，倘若不采用深浦这样的姿态，人又如何在这世上生活得下去呢? 我想，这就是一个人成长为大人之后该有的模样吧，一种深埋心底的自信。

在这里，也不会有曾在津轻北部所目睹的那种孩子气的恶作剧。举例来说，津轻北部就像煮得半生不熟的蔬菜，而这里却已经煮得熟透了。啊啊，对呀，我这样对比的话就很好懂了! 居住在津轻内陆的居民呀，其实并没有那种厚重的历史沉淀所带来的自信，完全、一丁点儿都没有。所以他们才不得不表现出一副傲慢的态度，说别人是"卑劣之族类"。我想，那既是津轻人的反骨，也是属于他们的执拗与晦涩，最终，皆成就了津轻人悲伤与孤独的宿命。津轻人呀，抬起头来笑笑吧！不是有人断言，你们这里有着"文艺复兴到来前的意大利一般蓬勃的发展能力"吗？当日本的文化面临着小有成就，但却又止步不前的情况时，津轻这片亟待发展的空白之地，能够为日本带来多么大的希望啊！如此这般地思索一夜后，我们或许会连连赞同，但这样一来，却又下意识地端起了不自然的高傲态度了。其实，从他人的吹捧之中获得的自信根本一文不值。请无视这些，带着自信继续努力拼搏吧！

深浦町目前居民有五千人左右，是一座位于旧津轻领地西海岸南部的港口。江户时代，国家派驻町奉行至深浦，并管理青森、鲹泽、十三等共计四浦。可以说，这里当时是津轻藩最为重要的港口之一。深浦是丘壑间环绕着的一处小海湾，水深波柔，它与吾妻浜的奇岩、弁天岛、行合岬连成了一串海岸名胜。深浦是一座静谧的小城，那些渔民家的院子里，都挂晒着又大又精致惹眼的潜水服。给人一种可以将一切抛掷脑后，彻底放松内心的平和感。沿车站前唯一一根笔直的大路走下去，就能走到位于这个镇子郊外的圆觉寺仁王门了。这所寺院的药师堂据说已被认定为国宝。我准备进去拜一拜，然后就离开深浦。这小镇实在太完整了，完整得令旅人感到一丝寂寥。

我下到海边，坐到了礁石上，开始烦恼起接下来的计划。日头还老高，时间早得很。我突然惦记起了我那住在东京破草屋里的孩子。来津轻这一趟，我本来提醒自己尽量不要去想家人的，可是我那孩子的模样却乘虚而入，钻进了心里。我站起身，去邮局买了一张明信片，简短写了几句话寄回东京家中。大一些的孩子得了百日咳，孩子的母亲又很快要生次子。

我一时思绪万千，难以忍受，于是十分随意地走进一家旅馆。我被领进一间脏兮兮的屋子里，于是边解绑腿，边要店家上酒。令我感到意外的是，酒和饭菜竟然立马就端上来了。这么快的速度，也算是拯救了郁闷的我。房间虽脏，但是菜品中还有着各种各样包含鲷鱼和鲍鱼这两种食材的料理，看上去十分丰盛。据说鲷鱼和鲍鱼是这座港口的特产。喝下两瓶酒后，入睡还为时尚早。自打来了津轻，我一直都受他人款待，今天总该自食其力去找酒喝了吧，我脑子里琢磨着这些无聊的想法，在走廊上拦住刚才端菜来的那个十二三岁的小姑娘，问她：还有酒吗？对方回答：没有了。我又问：还有什么别的地方能喝到酒吗？小姑娘立即回答：有的。我松了一口气，急忙问她能喝酒的店在哪儿。听她说了地址后便赶去了那里。没想到，那是一家很精致的日式餐馆。我被带去二楼一间十叠大小，能够眺望大海的房间里。我在涂着津轻漆的餐桌前盘腿坐下，一迭声喊着"上酒，上酒"。酒很快就送上来了，这可真是帮了大忙。一般要料理饭菜总归更花时间，有些店家就会把客人晾在那儿让人家干等。不过这家店就不一样了，一个四十来岁、缺了门牙的大娘很快就端着酒壶走了进来。我准备和她打听一下深浦本地的传说故事。

"请问深浦有哪些名胜？"

"您拜过观音菩萨了吗？"

"观音？哦，这边会直接把圆觉寺称作观音呀。原来如此。"

我本以为能从这位大娘口中打听到一些古老的传说故事一类的。可是房间里突然又进来了个胖乎乎的年轻女侍，还装腔作势地讲起了俏皮话。我心里烦得很，决定拿出我男人的耿直气派来，于是开口道：

"不好意思，请你下楼去行吗？"

在此，我想告诫诸位读者。男人要是进了餐馆里，可千万别说什么耿直话啊。我这次就吃了大苦头。那个年轻的女侍当场嘟嘴瞪眼站了起来，于是大娘便也一道站了起来，二人双双离开了。貌似两个人中的一个被赶走，另一个为了朋友义气，也不愿再默默坐在房间里，而是选择仗义离开。于是，我便在这宽敞的房间里自斟自饮，遥望着深浦港口灯塔的光芒。心中那旅愁不由得更深了几寸，我干脆径直回了下榻的旅店。第二天早上，我一个人落寞地吃着早饭，旅店主人端着酒壶和小碟子走了进来。

"请问，您是津岛先生吧？"他问道。

"是啊。"我在旅客登记簿上写的是自己的笔名"太宰"。

"没错了！我就说，怎么会这么像的。我和您哥哥英治是中学同学。看您在登记簿上写的是太宰，所以一时没反应过来，但又觉得你们俩实在长得太像了。"

"不过，我写在登记簿上的也不是假名字。"

"是是！这我也知道的。我听说过，英治有个弟弟改用笔名在写小说。昨天多有怠慢，请您原谅。来，请您喝点酒吧。小碟子里摆的是腌渍鲍鱼肠，非常适合下酒！"

我吃过了早饭后，便就着这碟腌渍鲍鱼肠喝了一壶酒。这碟腌渍小菜真是太美味、太称心了！而且，我都已经到了这津轻最边沿，竟然还要受兄长势力的照顾啊。到最后才发现，我竟没有一件事是凭自己的力量做成的，口中美食也引我感慨万千。简单来说，到了这津轻南端港口后唯一的收获，就是得知这里也属于我兄长们的势力范围了。我就这样迷迷糊糊地再次坐上了火车。

从深浦返程的途中，我顺道在鲹泽这座老港口下车了。这座小镇位于津轻西海岸的中心位置，在江户时代可是相当繁荣的。据说津轻所产的米，大部分都是从这里装船输出的。而且，这里还是日式木船往返大阪的出发站和终点站。这里水产丰饶，从这座港口捕上的鱼不仅供应给当地居民，还广散津轻平原各地，被端上家家户户的餐桌，丰富了人们的三餐。然而，如今的鲹泽居民只有四千五百人左右，甚至比木造、深浦人口还少。已经逐渐失去了往昔的繁华。既然叫鲹泽，那此地在过去某个时期必然是盛产丰美的鲹鱼的。然而，我们自幼就从未听说过这里曾产过鲹鱼，倒是只有雷鱼非常有名。雷鱼这种鱼，如今在东京偶尔也会配给到，所以读者们应该都听说过吧。雷鱼的汉字写作"鲥"或"鳢"。这种鱼没有鳞，身长有五六寸的样子。嗯，或许把它想象成是生活在海里的香鱼，估计也差不到哪儿去了。雷鱼是西海岸的特产，秋田一带更是盛产雷鱼。东京人总觉得它太油腻了，不好吃。我们津轻人倒是觉得它吃起来口味蛮清淡的。在津轻，一般会将刚捕捞上来的雷鱼加上淡口的酱油直接煮了，再整条吃完。还有不少人能一口气吃下去二三十条呢！我听说地方上还常举办雷鱼大会，吃得最多的人能领到奖品。运送到东京之后的雷鱼就已经不新鲜了，而且东京人也不知道怎么料理雷鱼，所以才会觉得雷鱼不好吃吧。在俳句的岁时记中，似乎就出现过雷鱼。而且我还记得自己曾经读到过江户时代某个俳人所咏的俳句，内容大概是表达"雷鱼的味道很清淡"的。说不定在江户时期的老饕们眼中，雷鱼是一道上等的佳肴呢。不论如何，食用雷鱼无疑是津轻人在冬季围炉分享的一大乐事。

因为雷鱼，我自幼就知道鲹泽这个地方了。但直到今天我才第一次来到这座城镇。这地方背靠大山，一侧向海，狭长得出奇。城市中散发着香气，那是一种奇特的酸甜气息，令人不由得想起了凡兆的诗句。这城镇之中流淌的河水也十分混浊，整个城镇都笼罩在一种慵懒的气氛中。和木造町一样，此处也建有绵延的"小天"。不过看上去有些不结实，并无木造町的小天那般令人感到凉爽。这一天的天气好得可怕，我为了躲避日头暴晒，于是就在小天的遮挡下行走，但却总感觉胸口有些塞得慌，喘不上气。这儿开着不少小吃店。我想，过去这里估计有过很多"铭酒屋"吧。如今，此处似乎还残留着往昔的旧习，我走过了四五家荞麦面店，都听到店家在对行人招呼"进来歇歇再走吧"。这做法在当下可不多见了。正赶上中午时分，我便走进了其中一家荞麦面店，准备歇歇脚。点了一份荞麦面，点了两份烤鱼，一共花费四十钱。荞麦面蘸的酱汁倒也不难吃。

话又说回来，这镇子也未免太长了吧！沿着海岸只有这一条路，无论走多远，看到的都是相似的房屋，一间又一间，绵延不绝。我感觉自己走了快四公里，才好不容易走到城市的尽头，于是我又折返了回去。这座城镇竟完全没有所谓的中心区域。大部分城市总会在某处聚集出一片中心势力，形成一座城市的核心。就连偶尔路过的旅人，也能立即感受到哪里是一座城市最繁华热闹的地方，可是这种地方在鲹泽并不存在。鲹泽就仿佛一把断了扇轴的扇子，扇叶四散得七零八落。于是我心中不由得涌起一阵"德加式"的政论："这么一来，这镇子上的各方势力可要纷争不断，闹得一团糟喽。"总之，此地的中枢让我感觉十分薄弱。

写到这儿，我又不禁苦笑起来。不论深浦还是鲹泽，倘若这儿也有我的好友，热情地迎接我，带着我到处游览、解说的话，我大概会毫不犹豫地抛开自己的第一印象，饱含感激之情地写下类似"深浦和鲹泽才是津轻之精华啊"一类的文字吧。其实，旅行印象记这种东西根本就靠不住。若是有深浦和鲹泽人读到我写的这本书，请大家笑笑就算了，别放在心上。我的印象记绝对不具备玷污你们故乡的权威。

离开鲹泽，我又乘坐五能线回到了五所川原。抵达五所川原的时间是当天的午后两点。我从车站直接步行去了中畑先生家。关于中畑先生其人，我最近也在自己的《归去来》《故乡》等一系列作品中写得十分详细了，故不再赘述。可以说，中畑先生是我的恩人，我在二十多岁时闯下的那些祸，都是由他来善后的。而他从未抱怨过。一段时间不见，中畑先生竟衰老得惊人。据说是因为去年生了场病，自那之后就变得如此瘦弱了。

"时代变了呀。你居然穿成这样从东京跑来津轻了哦。"

中畑先生这样说着，表情却满是欣喜。他不停打量着我这一身乞丐般的装束："哎呀，袜子都穿破了。"他说着便起身去柜子里找出一双昂贵的袜子递给我。

"我一会儿想去新潮街走走。"

"哦！行啊，去吧。喂！景子！给他带个路。"

中畑先生虽瘦得厉害，但仍是那副急性子，和过去一点没变。我姨母一家人就住在五所川原的新潮街。我幼年时那条街还叫新潮街，现在好像改了个别的名字，叫大町还是什么的。正如我在序中讲到的，这里满是我幼年时代的回忆。四五年前，我还曾在五所川原的某家报纸上发表过一篇随笔。

姨母就住在五所川原，所以我自幼就常跑来玩耍。大概在小学三四年级时，我还去看过旭座舞台落成之

177

后的纪念演出。记得当时的主演是有右卫门，我还被他饰演的那个梅由兵卫的故事感动得落了泪。那是我生来头一次见到旋转舞台，甚至惊得从座位上站起了身。那之后过了没多久，旭座因一场火灾彻底烧毁了。当时那场大火的火光远从金木都能看到。据说起火点就在放映室。当时有差不多十个看电影的小学生命丧火场。据说，那场电影的放映师被问了罪，罪名是过失伤害致死。不知为何，我当时明明还小，但却对那放映师被定的罪名和他的命运记忆深刻。还有传闻说，旭座这个名字意思里带"火"，所以才会遭遇火灾。这些都已是二十年前的事了。

大概七八岁时，我走在五所川原一条繁华的大路上，竟不慎失足跌落水沟。那水沟相当深，一直淹到下巴，估计有将近一米深了。当时还是夜里，有个男人从水沟上方向我伸出了手，我便抓住了他的手。结果被拉上来之后，我的湿衣服在众目睽睽之下被扒了个精光，简直太丢人了。正巧眼前就有家旧衣店，大家迅速找来一身旧衣服给我穿上了。结果那竟是一件女孩子穿的浴衣。连系在腰上的带子也是条绿色的兵儿带①，这一身真臊得我面红耳赤。一会儿，姨母就惊慌失措地匆匆赶来。我一直是被姨母娇惯着长大的，因为我不太有男子气概，所以常受人戏弄，性情也孤僻得很。唯有姨母一直夸我是个男子汉。一旦有人对我的容貌予以差评，姨母就会真心动起怒来。这些已都成为久远的回忆了。

我和中畑先生的独生女景子一起走出了家门。

"我有点想去看看岩木川，离这儿远吗？"

景子回答说很近。

"那请带我去吧。"

景子领着我在街上走了大概五分钟，就走到了一条大河旁。记得小时候姨母经常带我来这条河边，不过印象里这条河还要离城中更远一些。或许是因为成人走的这么几步路对于小孩子

---

① 一种多由男性和幼童使用的腰带。

来说还是太远了吧。而且，我那会儿还总是待在家中，不愿出门。每当要外出时，就紧张得头晕目眩。这么一来，我当然愈发觉得这条河离家很远了。河上架了一座桥。这桥倒和记忆之中差不多，现在看也还是一架很长的桥。

"这桥是叫乾桥吧。"

"嗯，是呀。"

"是哪个字来着？是表示方位的那个乾吗？"

"可能是吧，我也不清楚呢。"景子笑了。

"说不准是吗？嘻，随便它了，咱们上桥走走吧。"

我单手轻抚着桥栏，慢悠悠地登上桥。景色真美啊。若同东京近郊的河水相比，这儿同荒川的排水渠附近很相似。河滩一侧绿草茵茵，飘荡着无数的春日游丝。不知怎的，我竟感到有些眼花。而岩木川就这样轻抚过两岸的绿地，泛着粼粼的白色光芒奔流而去。

"那儿就是新建的招魂堂。"景子指着河上游的方向告诉我，"是爸爸引以为傲的招魂堂。"她又笑着小声补了一句。

那座建筑看上去的确很壮观。中畑先生本人也是在乡军人①中的干部。所以在这座招魂堂的改建上，他想必也发挥了一贯的豪侠之气，并为之奔走操劳了吧。我们走过桥，站在桥畔又说了一会儿话。

"我听说已经开始间伐苹果树了，先慢慢砍掉一部分，然后在空隙中种植马铃薯一类的作物。"

"不同地域有不同做法吧，咱们这边好像还没这样做。"

大河的堤坝背后，就是一片苹果园。粉白色的花朵开得十分热闹。我看着一树树的苹果花，竟仿佛闻到了粉黛的香气。

"景子经常给我寄苹果，真是感谢呀。听说你要招夫婿啦？"

"是哦。"景子毫不胆怯，一脸认真地点了点头。

"什么时候？是最近吗？"

"就是后天呀。"

"啊？"我吃了一惊。可是景子却一副事不关己、云淡风轻

---

① 在乡军人：平时从事生计，非常时期应召担负相当国防义务的预备役、退役、后备役等的军人。

的模样。

"咱们回去吧，你应该在忙婚事的吧？"

"没有没有，根本不忙。"景子十分冷静地回我。她是一家的独女，眼下要和入赘的夫婿结婚，接管家业。明明才十九二十的年纪，但的确要比一般的女孩子大气很多。我内心油然产生一股钦佩之情。

"我明天会去趟小泊，"我另开了个话头，我们又折回到那座长桥上，"我想去见见阿竹。"

"阿竹？是小说里写的那个阿竹吗？"

"嗯，是的。"

"那她一定很开心吧。"

"不知道呀，希望能见到她。"

我这次来津轻，有个人是一定要见的。我视她如自己的亲生母亲。我们已经近三十年未见，但我绝不会忘记她的模样。我这一生的方向，都是依靠着她的存在才一步步明晰的。以下是我的作品《回忆》中的一段文字：

六七岁时的经历，我已经能够清晰地记得了。有一个名叫阿竹的女佣教我读书。我们一起读了很多本书。阿竹十分专注于对我的教育，可以说是呕心沥血。我生来体弱，所以总是躺在床上读书。如果书都读完了，阿竹就跑去村里的周日学校①等地，一趟又一趟地借来儿童读本给我看。我学会了默读，于是读多少书都不会觉得疲劳。阿竹又教给我伦理道德。她常带我去寺院，指着地狱极乐的挂轴对着我讲解。纵火者身上会背负一个熊熊燃烧的火筐，养小妾的人会被一条双头青蛇紧缠在身，憋闷至极。还有血池针山，以及被称作无间地狱的一个冒着白烟、深不见底的深渊。地狱里满是苍白干瘪的人，他们微张着嘴哭喊着。倘若撒了谎，也要下地狱，还会被厉鬼拔去舌头。听阿竹讲完这些，我吓得哭出了声。

那座寺庙背面修着一片略微隆起的墓地，种了排

① 周日学校：基督教会中，为对青少年进行宗教教育而于星期日上课的学校。

棣棠一类的树当作围栏，里面立着密密麻麻的木牌①，有的木牌上还挂着圆如满月的黑色大铁轮。阿竹告诉我，转动这些铁轮，如果过了一会儿铁轮停下不动了，那转动轮子的人就能到极乐世界去。可是一旦快要停止时铁轮又向反方向转去，那转轮子的人就要下地狱。每次阿竹转动轮子时，铁轮都会发出悦耳的声音转起来，然后一定会静悄悄地停下。可是一轮到我来转，铁轮有时就会倒转。我记得那是在一个秋日，我独自跑去寺院转动轮子。结果所有轮圈仿佛商量好了一般，全都开始倒转起来。我强忍着败北的怒气，又坚持转了几十次，一直到日头西沉，我只好绝望地离开了墓地。（中略）

后来，我上了家乡的小学。记忆也一瞬变了色彩。不知何时，阿竹消失了。据说是嫁去了某个渔村。或许是担心我会紧追在她身后缠着不放吧，所以她没有和我打一声招呼就突然走了。第二年的盂兰盆节，阿竹回我们家做了客，可她的态度却变得十分疏远。她

---

① 原文为"卒塔婆"，一种为了供养、追善而立在坟墓等处，上写梵文及经文的塔形细长木牌。

还询问我在学校的成绩。我没有回答她，不记得是谁代我回答的了。阿竹听过后也只说了一句：学业万万不可松懈啊，并没有特别夸奖我。

我母亲久病，所以我一滴母乳都未喝过，自打出生就由乳母喂养。到了三岁，能摇摇晃晃走路了，乳母便离开了，代由女佣来照顾我。那个女佣就是阿竹。有的时候晚上是姨母抱着我睡觉，平时则都是阿竹陪我。从三岁到八岁，都是阿竹在教育我。突然，某一天清早，我喊阿竹的名字，阿竹却没有出现。我立即慌了，直觉大事不妙，我放声大哭起来，喊着："阿竹不见了！阿竹不见了！"我当时哭得肝肠寸断，后来的两三天里还一直抽抽噎噎哭个不停。事到如今，我都无法忘记当时的那种痛苦。那之后又过了一年，意外与阿竹再见，她却显出一副异常疏远的态度，这令我内心无比怨愤。自那以后，我便再未见过阿竹。就在四五年前，我曾受邀上过一期名为"故乡寄语"的广播节目。当时我就选了《回忆》中讲阿竹的段落朗读。一提到故乡，我就会想起阿竹。不知道阿竹会不会听到我在广播中朗读的那些话。直到今天，她仍是音信全无。这次津轻之旅，我在出发的那一刻就盼望着能再见阿竹一面。不过我这人有个癖好，总是一忍再忍，把最喜爱的东西留到最后。所以，我才将前往阿竹居住的小泊港，放在了这趟旅行的最终点。

其实，我本想着去小泊前先从五所川原直接去趟弘前，然后在弘前的大街上逛逛，去大鳄温泉过一夜，最后再去小泊的。可是我从东京出发时身上带着的那点儿旅费已经快要花光了，而且这么多天下来，我也确实感到疲惫不已，没什么力气再去东走西逛了。于是就只好改变了计划，放弃大鳄温泉，在回东京的时候顺路去看一眼弘前就算了。今天我打算在五所川原的姨母家住一晚，第二天就直奔小泊。我和景子两人一道去了位于新潮街的姨母家，不巧的是，姨母出门去了。一问，原来是家里的孙儿生了病，正在弘前的一家医院住院，姨母也去陪护了。

"妈妈知道你要来了，她还打电话说一定要见你，让你千万去一趟弘前呢。"表姐笑着对我说。姨母为我这个表姐招了个做医生的夫婿做他们家的养子，继承家业。

"啊，我本来也准备回东京之前去一趟弘前，所以肯定会去医院找姨母的。"

"他说明天要去小泊见阿竹呢。"景子明明应该忙着张罗自己的婚事，却并没有回家，而是悠然陪着我闲逛。

"去见阿竹哦。"表姐的表情突然严肃起来，"那可真是太好了，阿竹得多高兴啊！"表姐似乎很清楚我对阿竹一直以来的感情有多深。

"不过，也不知道能不能见到……"我很担心这一点。当然，我事先并没有打过招呼。到时只能凭"住在小泊的越野竹"这一点线索去找她了。

"开往小泊的巴士一天似乎只有一趟哦。"景子站起来端详着贴在厨房的时刻表。

"必须要赶上明天的始发车，不然后面就来不及坐上从中里出发的巴士了。明天可是个重要的日子，千万别睡过头了哦。"景子这样说着，似乎忘了她自己的重要日子也马上就要到了。我计划好了行程：明天赶最早的一趟火车，八点从五所川原出发，沿津轻铁路北上，途经金木，九点钟到达津轻铁路的终点站——中里。然后从那儿再搭乘开往小泊的巴士，约花费两小时。按照这个计划，我大概在明天中午能够到达小泊。天色渐晚，景子总算回自己家了。她刚走，医生（就是表姐的夫婿，我们从以前就一直这样称呼他）就从医院下班回家了。他陪我喝酒，我则一直胡乱扯着闲话，很快就聊到了深夜。

第二天一早我被表姐喊醒，急匆匆地吃过早饭便急忙赶往车站，所幸赶上了始发的火车。这天也是个好天气。我脑子还混沌着，有点宿醉。新潮街这边的家里没有什么需忌惮的亲人，所以前一晚喝得有些过头了，额头上一阵阵沁着汗珠。清晨爽朗的阳光透过车窗照射进来，唯有我的存在既污浊又腐败，令我感到十分难过。每次喝多了酒，我就会产生这样的自我嫌弃。这种情绪已经重复了数千回了。可我至今仍狠不下心去戒酒。也正是因为我这嗜酒的弱点，才总是遭人白眼。要是这世上没有酒，我说不定早就成了圣人呢！我极为严肃地思考着这件蠢事，心不在焉地眺望着窗外的津轻平原。不久，列车就驶过了金木，抵达芦野公园站。这个车站很小，长得和道口的岗亭差不多。

我想起这么一件旧闻：据说一个金木的町长从东京回乡时，曾在上野车站购买芦野公园的车票。结果卖票的告诉他"没有这个车站"。町长勃然大怒，质问对方："你怎么连津轻铁路上的芦野公园站都不知道！"结果上野车站的站务们足足花了三十分钟去调查，总算给他弄到了芦野公园的车票。

我探头到车窗外看着那小小的车站，正看到一个身着久留米碎纹布和服，又穿一条相同布料束腿裤的年轻姑娘，两手各拎着一个大包裹，嘴里衔着车票跑来了检票口。她轻轻闭上眼，将脸庞凑向检票口站着的俊俏男站员，对方立即明白了她的意思，当即用检票钳利落地剪了那枚被姑娘咬在洁白牙齿间的红色车票，手法熟练得宛如一个老辣的牙科医生。少女和少年都没有笑，他们似乎觉得这件事十分平淡无奇。少女一上火车，车子就"轰隆轰隆"地驶了出去，好像火车司机是在等着少女上车一样。如此悠然的车站，估计全国都见不到第二个。希望下次金木町长去上野车站时，能用更嘹亮的嗓音高呼"芦野公园"的名字。火车在落叶松林间穿行，这一带是金木町的公园。此时，眼前出现一汪湖泊，它被称作芦湖。记得兄长过去曾为这儿的公园捐过一艘小船。转眼间就到了中里。这儿是一座居民约四千人的小城。到了这儿，津轻平原也逐渐变得狭窄了，再往北去的内潟、相内、胁元等部落，就连水田也少了很多。当然，这儿或许可以成为津轻平原的北大门。我家有一户亲戚姓金丸，在这儿开了家和服店。我儿时还去他家玩耍过，那会儿大概也就四岁吧。我只记得村外有个瀑布，至于其他细节，早就忘光了。

"阿修！"突然有人喊我的名字。转过身，正见到金丸家的女儿微笑着站在我面前。她应该还年长我一两岁，但看面貌一点都不显老。

"真是好久不见了！你要去哪儿呀？"

"哦，我要去小泊。"我眼下一心只想见到阿竹，心里已经放不下其他事儿了，"我要搭这趟巴士去，就先走了，失陪啊。"

"是嘛。那你回程的时候也来我家坐坐吧。我们在那边的山上建了个新房子。"

我顺着她手指的方向望过去，正见到车站右手的绿色小山上建着一栋新房。若不是急着去见阿竹，我一定会为这段与青梅竹马的巧遇感到更快乐，我也很想去她的新家坐坐，和她悠闲地慢慢聊聊中里逸事。可是，不巧赶上如此分秒必争的情况，也实在是顾不上这许多了。

"那咱们下回见！"我含混地道了个别，赶紧跑上了巴士。

车上非常拥挤，两个小时的车程，我一直站到了小泊。中里以北的土地，我全都未曾踏足。据说，津轻的远祖安东氏一族，就住在这一带。关于十三港往昔的繁荣，我在前文中已经讲到过了。津轻平原的历史核心，正存于中里和小泊之间。巴士爬上了山路，继续向北驶去。道路崎岖不平，车子晃得很厉害。我紧紧地抓着行李架上的铁棒，弯下腰窥伺这车窗外的风景。

这儿果然是北津轻呀。与深浦的景色相比，这里处处带着荒凉感，感受不到人类的气息。山上的林木、荆棘、矮竹全然一副从未被人迹所打扰过的姿态。虽然这儿比起东海岸的龙飞要柔和许多，但是其中生长的草木还是和"风景"二字有些距离，它们无法和旅人的双眼达成交流。很快，十三湖便神色清冷惨白地映入眼帘。她宛如浅掬一汪清水的珍珠贝壳，虽气质高雅，但又显得虚无缥缈。湖上未起一丝波澜，连小船也没有一只。她就这般宽袍广袖，静静地伫立着。真是一汪遗世独立的湖泊啊，仿佛流云与飞鸟都不会在这湖面上留下影子一般。车子驶过十三湖，很快就抵达了日本海的海岸。这附近离国防要地很近，所以我按规矩不做更详细的描写。

大约快到中午时分，我抵达了小泊港。这座港口位于本州岛西海岸的最北端。再向北翻过山，就到了东海岸的龙飞岬。西海岸的村落仅到这小泊为止。可以说，我是以五所川原为中轴，宛如一座落地钟的钟摆一样，从旧津轻领地——西海岸南端的深浦港晃回原点，再一口气晃到了同一侧海岸北端的小泊港。小泊是一个居民约两千五百人的渔村。据说中古时期已有外国船只出入此港。尤其是与虾夷通航的船只，每次遇到强劲的东风，都会暂泊此港躲避。我在前文中也屡次提到过，在江户时代，小泊和附近的十三港口共同承担着运输稻米和木材的任务，往来船只极为繁多。时至今日，此地所修建的码头，仍显现出一种和村落本体不甚相符的雄伟气派。村外也有那么零星几处水田，面积很小。不过这儿的海产品倒是相当丰富。除了平鲉、六线鱼、乌贼、沙丁鱼等鱼类，此处还能大量捕捞到海带、裙带菜等海草。

"请问，您认识越野竹吗？"我走下巴士，立即找了个过路人问道。

"越野竹？"对方是个身穿国民服，看上去有点像就职在机关单位里的中年男性。他歪歪头："这儿有不少人家都姓越野呢。"

"她之前住在金木。还有，她现在应该有五十岁左右。"我拼命提供细节。

"哦，这么说的话，的确有这么个人。"

"真的吗？在哪儿？她住在哪儿呢？"

我按照对方的指引，找到了阿竹家。那是一户门脸只有五米来宽的小小五金店。不过，看上去已经比我在东京住的破草屋要气派十倍了。店门口的帘子是放下来的，我心中暗呼不妙，急忙走近店前的玻璃门附近，果不其然，门上挂着锁。大门紧闭。我还试着拽了拽边上的几扇玻璃门，全都锁得死死的。阿竹家里没人。我没辙了，一个劲擦着汗。阿竹该不会是搬家了吧！不然，就是稍微出了个门？不，不会的。和东京不同，在乡下，如果只是短时外出，一般是不会放下门帘还把门都锁上的。要不就是出门两三日，或者更久？这，这可不行啊。看来，阿竹很有可能是去了其他村。我真傻！竟然以为知道她住在哪儿就万事大吉了！我敲着玻璃门，试着呼喊："越野太太！越野太太！"自然，并没人应声。我叹了口气，离开阿竹家，又向前走了几步路，进了一家卖烟的铺子问道：

"越野家好像没人啊，您知道他们去哪儿了吗？"

烟铺里有个瘦得干巴巴的老婆婆若无其事地回了一句：

"去运动会了吧。"

我趁机追问：

"请问，运动会是在哪儿办的？就在附近吗？还是比较远呢？"

对方回我说就在附近。只要沿着脚下的这条路直行，很快就能走到一片田地里，再往前走就是一所学校。运动会就在校园后面举行。

"今天早上我看到她提着饭盒和家里的小孩一起去了。"

"是吗？真是太感谢了。"

我按照老婆婆所指的路走了一阵，果然先是看到了稻田，待沿着田间小路再往前走，又看到了沙丘。一座学校就建在沙丘上。我绕到学校的背后，突然被眼前所见的景象惊呆了。这感觉简直像在做梦一样。就是这样一座地处本州北端的渔村，此刻正在我眼前举办着一场盛大的祭典。这情景美得令人伤感，简直一如往昔。最先映入眼帘的是万国旗，然后是盛装打扮的女孩子。还有大白天就喝得烂醉的人，东倒西歪，分散各处。除此之外，运动场周围还搭起了近百个简易棚子。不，其实光是运动场周围的空间还不够，就连一座可以俯瞰运动场的略高小丘上，都排满一个又一个密密麻麻的小棚子。眼下正是午休时间，在那上百顶小棚子下，每一家都打开了自家的饭盒，大人们开始喝酒，女性和孩子则一边吃着饭，一边快活地交谈着。

看着这一幕，我忍不住想："日本真是美好的国家呀！真不愧是日出之国！"就算眼下身处战争之中，未来国运仍是未知数，可是这本州北部的穷渔港，此时却举行着如此热烈而又盛大的宴会，真是不可思议啊！我仿佛正在这本州岛的一处僻壤，目睹古代众神一边豪迈大笑，一边爽朗地舞蹈。那一刻，我突然感觉自己仿佛童话故事的主人公：跨过高山大海，寻母三千里，来到这国境尽头的沙丘上，看到了一出华丽的神乐歌舞。那么，接下来我就要在这热闹的神乐群集之中，找出那抚育我长大的至亲了。一别已近三十年，印象里阿竹是一个有一双大眼，还有一对红扑扑面颊的人。对了，她左眼睑或是右眼睑上，有一颗小小的红痣。我就只记得这些了。但是只要见到她，我一定能认出来。虽有这般信心，但是要从这么多人里找出她来，还是很难的。我环视整个运动场，不知道从何找起。我只得在运动场周围稀里糊涂地瞎转悠。

"请问，您知道一个叫越野竹的人坐在哪儿吗？"我鼓起勇气，向某个年轻人搭话，"她大概五十来岁，是开五金店的。"这就是我所知的一切了。

"五金店的越野？"年轻人想了想说，"啊！我感觉好像在对面的小棚子里见到过。"

"是吗？是在对面吗？"

"这个……其实我也不太确定。就只是感觉有一点在对面见到过她的印象而已。您找找看吧。"

这简单的"找找看"可是一项极为艰巨的工作。我又不能说些例如自己已经和她三十年没见了之类的矫情话。于是只得和青年道了个谢，向着他随意一指的方向寻去。可是光靠这样怎么可能找得到呢？最后，我实在没了法子，只好探头到棚子里，打扰起别人家的团圆时刻。

"打扰了！实在抱歉，请问，越野竹在吗？就是那位开五金店的越野竹……请问她在这儿吗？"

"这儿没这个人。"这一家胖乎乎的女主人不太高兴地皱起眉。

"这样啊，抱歉了。请问您有没有在附近见到她呢？"

"这我哪知道呢，你看看，这儿人山人海的。"

于是，我又跑去其他棚子里打听。没结果。我再换下一个。就好像着了魔一般，我一直问着："请问阿竹在吗？五金店的阿竹在吗？"我在运动场里绕了两圈，仍是一无所获。我因为尚有些宿醉，嗓子干得直冒烟。于是又去学校的水井边弄了些水，紧接着又折回运动场，在沙地上坐下，脱掉外套擦起汗水来。我愣愣地望着眼前男女老少那幸福热闹的模样。阿竹就在他们中间，她一定就在的。眼下，她应该还不知道我正千辛万苦地寻找她，正揭开饭盒招呼孩子们吃午饭呢。我还想着，不如去请学校的老师用广播喊一下"越野竹太太，有人找"。可是这种简单粗暴的手段我实在是不太想用。我不喜欢用恶作剧一般的夸张做法，为自己生搬硬凑出那种喜悦感。看来是我二人无缘了，命运让我们无法重逢。

回去吧。我穿上外套站了起来。再度沿着田间小路折回村里。运动会差不多下午四点钟结束。我干脆就随便找家旅店睡四个小时，然后等着阿竹回家吧。话是这么说，但是在旅馆的破房间里百无聊赖地等上整整四小时……我可能会忍不住中途就发起火来，"阿竹有什么好见的"，干脆直接走人了。我希望自己能以此刻的心境去见她。可是，我却怎么都见不到她。看来真的是没有缘分了。我千里迢迢地来到这儿，好不容易打听到她就离自己不远，却未见一面就打道回府，这或许也和我一直以来顾此失彼的命运相吻合吧。我每次都计划得十分圆满，但到了最后一定会方寸大乱。恐怕命中注定就是如此了。还是回去吧。仔细想来，就算她对自己有养育之情，可是说直白点，她仍是个下人，是个女佣嘛。你呀你呀，你难道是女佣的儿子？一个大男人，思念以前抚养过自己的女佣，还一门心思想要见她一面，就因为如此，所以你才是个废物。所以，你的哥哥们都无情地拿你当个下贱又没出息的家伙，这也说得通了。这么多兄弟之中，唯有你不同，为何单单是你，又邋遢散漫，又肮脏不洁，又猥琐卑微呢？就不能好好振作吗！我走向巴士的发车站，打听了发车时间。会有一班车子在一点三十分发车去中里。这似乎是今天的唯一一班了，错过就只好再等明天。我决定就乘这趟车离开。眼下还有三十分钟时间，我有点饿了，于是走进了车站附近的某家昏暗的小旅馆里。

"我着急赶车，请快点上饭菜。"我对店里这样吩咐，心中却仍有不舍。我盘算着，倘若这旅店还算不错，我就在这儿休息到四点左右再说。结果我却被店家拒绝了。一个看上去病恹恹的老板娘从屋里探出脸来，冷淡地告诉我："店里人全都去参加运动会了，什么饭菜都做不了。"事已至此，我终于决定打道回府。我走到车站的长凳上坐下来，休息了十分钟。又站起身闲逛起来。不然……再去阿竹家看看？就当是，去做一番无人知晓的死别吧。想到这儿我不禁苦笑，再次来到五金店的门口。突然，我发现门上的锁竟被取下来了，而且还虚掩了两三寸。真是天助我也！我勇气倍增，"咣咚"一声——我只能用这种十分野蛮的拟声词，来表现我推门时动作的夸张了。我对着门里喊：

"有人吗？有人吗？！"

"在！"

屋里传来回应声。一个十四五岁、穿着水手服的女孩子走出来。一见那孩子的模样，我瞬间回忆起了阿竹的容貌。于是我也顾不上礼貌，急忙走了几步到内屋门口，自报家门：

"我是金木的津岛。"

听我这样说，少女恍然大悟地笑了。看样子，阿竹可能时常和孩子们讲起自己养育过津岛家小孩的往事吧。单凭这微笑，我与少女之间便不再需要任何客套了。我胸中满是感激之情，我，我是阿竹的孩子！她是女佣又怎样？我不在乎！我能大声喊出口：我是阿竹的孩子！就算被兄长们蔑视又怎样？我不在乎！我和这少女就是兄妹！

"啊，太好了！"我不假思索地脱口而出，"阿竹呢？她还在运动会上吗？"

"是呀。"面对我，少女一丝的警戒和害羞都没有，十分大方地点点头，"我肚子有点痛，所以先回家来拿药了。"虽然肚子疼是件难受事，但我又的确要感谢她的肚子疼。既然抓住了这么一根稻草，我就可以放心了。总算能见到阿竹了。一切全靠这女孩子了，只要别中途跟丢了她就好。

"我把运动场找了几遍，都没找到她呢。"

"是嘛。"女孩回答。她微微点点头，按着肚子。

"肚子还痛吗？"

"还有点。"她答道。

"吃过药了吗？"

她默默点点头。

"是不是疼得厉害呀？"

听我这样问，她笑了，摇了摇头。

"那就拜托你了！请你带我去找找阿竹吧。我知道你现在不太好受，但是我也是从很远的地方来的。你还能走吗？"

"嗯。"她用力点点头。

"太好了，真是谢谢你！拜托了！"

她又点了两下头。立即从里屋走出来，换上木屐。按着肚子微弓身体走出家。

"你在运动会上参加赛跑了吗？"

"参加了。"

"有拿奖吗？"

"没有。"

她按着肚子，快步走在我前面。我们再次穿过田间小路，走到那片沙丘前，又绕到学校后面，横穿过运动场。此时，少女突然小跑起来，钻进某一间棚子里。很快，阿竹便走了出来。她茫然地看着我。

"我是修治。"我笑着摘下帽子。

"哎呀。"阿竹只说了这么一句。她没笑，表情十分严肃。不过紧接着她又放开了僵硬的姿势，用一种十分随意却又带着些丧气的虚弱语气道："来，进来一起看运动会吧。"就这样，我被阿竹拉进了小棚子。"坐这儿吧。"她道。我就这样坐在了阿竹身边。阿竹呢，则是一言不发，规规矩矩地跪坐着，两手端正地摆在覆着束脚裤的圆润膝头上。她认真地看着运动场上奔跑的孩子们。然而，我心中没有一丝一毫的不满，反而总算安下了心。我伸直腿，愣愣地看着运动会，脑子也彻底放空，我感到什么都不用再挂心了，彻底地无忧无虑了。所谓内心的平静，说的就是这种感觉吧。倘若如此，那我可能是自出生以来第一次感受到这种情绪。我那早些年前已经去世的亲生母亲，是一位气质高雅、温和沉稳的好母亲，可是她从未带给过我这样不可思议的平静与安心。不知这世界上的母亲，是否都能为她们的孩子带去那种甜美的平和与宁静呢？如果可以，那么孩子们必然会倾尽全力去孝敬母亲的吧。拥有那么难得的母亲，竟还有人会生病、会懒惰吗？我想象不出。孝顺母亲是极为自然的一种亲情，并不是什么伦理道德。

阿竹的面颊还是红红的。右眼的眼睑上，仍有着一粒细小宛如罂粟籽般的红痣。她的头发虽已花白，但此刻坐在我身边的阿竹，却和我幼年记忆中的阿竹完全一样，毫无变化。

后来一问才知道，阿竹来我家做事，开始照顾我的那年，我三岁，她十四岁。之后的六年，一直是阿竹带着我长大。可是，我记忆里的阿竹绝不是那种稚气未脱的年轻女孩，而是和此刻眼前的阿竹毫无二致的一位沉稳老成的女士。后来又听阿竹说，重逢那天她系着的菖蒲花图样的深蓝色腰带，就是在我家做女佣时一直系着的那条。她身上穿的淡紫色和服衬领，同样也是做女佣时我家送她的衣服。或许也是这个缘故吧，我和阿竹坐在一起时，总感觉她身上的那种气息仍和当年一模一样。也或许是偏心使然，我总觉得阿竹的气质和这渔村的其他阿芭（就是与阿亚相对的女性称呼）完全不同。她穿着一件簇新的手织条纹棉布上衣，下身穿着同样花纹的束脚裤。这花纹倒谈不上多么不同寻常，但是一看就是认真挑选过的，非常用心。这身装束使阿竹整个人都显得十分强势。我一直默默地望着棚外，过了一阵子，我见阿竹虽也直勾勾望着运动会场，但却突然耸起肩膀，深深地叹了口气。那时我才意识到，原来阿竹的内心也并不平静啊。不过，我们二人依然保持着沉默。

突然，阿竹仿佛刚刚反应过来一般问我：

"吃点东西吧？"

"不用。"我回她。我是真的什么都不想吃。

"有年糕哦。"阿竹向着收在棚内一隅的饭盒伸出手。

"不用了，我不想吃呢。"

阿竹轻轻点了点头，没再继续劝我。

"想吃的应该不是年糕吧。"阿竹小声道，笑了起来。就算我们有近三十年没有互通音信，但是她一眼就看得出我嗜酒。真是不可思议呀。听她这么说，我也笑起来。于是阿竹皱起了眉：

"是不是还爱抽烟呀？从刚才起就见你一根接一根地抽，我只教了你读书，可没教你抽烟酗酒呀。"她说这话的模样，很像当年说"学业万万不可松懈啊"时候的模样。听她这样讲，我也收敛起了笑容。

我刚换上一脸严肃，这次却又变阿竹笑了起来。她站起身道：

"咱们去龙神赏樱吧。如何？"阿竹邀请我。

"啊，好，走吧。"

我跟在阿竹身后，爬上了棚子背后的沙丘。沙丘上盛开着堇花。还有一些矮小的藤蔓，在四周匍匐生长开来。阿竹沉默着向上爬，我也一句话没有说，信步跟在她身后。登到山丘顶上，再稍向下走个几步，就到了龙神的森林。林间小路的两侧开满了八重樱。阿竹突然伸出手，折下一截樱花枝子，边走边揪着枝子上的花瓣，扔在地上。忽地，她停下脚步，猛转过身面向我，突然开闸泄洪一般滔滔不绝起来：

"真是好久不见了，一开始，我都没认出你来。我家小孩说是金木的津岛来了。我还不敢相信。我不敢相信你真的会来啊。走出凉棚看到你的脸，我也仍旧没认出来。你说'我是修治'时，我依旧不敢认呢。然后，我就说不出话来了。其实，我根本没看进去什么运动会呀。快三十年了，阿竹多想再见你一面。每一天，我都盼着再见你，都担心着再也见不到你。没想到你都长这么大了，还为了见我，大老远跑来小泊。我这心里，真不知是感激，是高兴，还是难过。不过，这些都不重要。你来了就好，来了就好。刚去你家做事那会儿，你还趔趔趄趄地走不好路，一走就要摔倒，一走又要摔倒。吃饭的时候，你总喜欢抱着饭碗到处溜达，最后跑去库房石台阶下面吃饭。你总让我给你讲以前的那些故事，然后呢，就盯着我的脸，我得一勺一勺地喂你饭吃，真是又费心，又惹人疼啊。现在，你都已经长这么大了，简直像做梦一样呀。我有时候也会去金木，走在金木街上，我总忍不住想，说不定你就在附近玩儿呢。于是我就专盯着和你年纪差不多的男孩子看，一个一个地端详他们。你来看我了，真好啊。"

阿竹每说一句话，就下意识地去扯手中那根树枝上的花，扯下一朵扔下，再扯下一朵，再扔下。

"有孩子了吗？"阿竹最终连整个枝子都掰折扔掉了。

她曲起双肘向上提了提束脚裤，问道："有几个孩子了？"

我轻轻倚靠到了小路旁一棵杉树上，回她："有一个。"

"男孩女孩？"

"是女孩。"

"多大年纪了？"

阿竹对我连珠炮似的发问起来。面对阿竹这样强势而又不假思索的情感表达，我突然意识到了，啊，是啊，我很像她。在兄弟之中，唯有我一个人性格里带着粗野和急躁，可惜，这也正是阿竹这位养育者带给我的影响。这时我才恍然意识到了自己所受教育的本质。我绝不是在什么高贵的教育环境中成长的孩子，也难怪身上的种种特性都不像个有钱人家的小孩。看看吧，我时时挂在心头的，是青森的 T 君，五所川原的中畑先生，还有金木的阿亚，最后是小泊的阿竹。阿亚如今仍是我家的仆人，除他之外的其他人，也都曾在我家做事。我的朋友都是这样一些人呀。

最后，我虽不愿模仿古时先贤，以获麟①作结。但这一部战争之下的新津轻风土记，以笔者对友人的告白收尾，就此搁

---

① 获麟：指春秋鲁哀公十四年（前 481）猎获麒麟事。相传孔子作《春秋》至此而辍笔。

笔，也不算大过吧。尽管仍有很多事想写，不过津轻的风貌大抵也已被我讲尽了。我绝未做任何虚构，也绝没有蒙骗读者。再会了，诸位！倘若一息尚存，我们来日再见！还望您勇敢前行，不要绝望。那么，就此别过吧。

图书在版编目（CIP）数据

津轻 /（日）太宰治著；董纾含译. -- 北京：现
代出版社，2023.4
ISBN 978-7-5231-0111-7

Ⅰ.①津… Ⅱ.①太…②董… Ⅲ.①随笔－作品集
－日本－现代 Ⅳ.①I313.65

中国国家版本馆CIP数据核字（2023）第031910号

津轻

作　　者：［日］太宰治
译　　者：董纾含
责任编辑：申　晶
出版发行：现代出版社
通信地址：北京市安定门外安华里504号
邮政编码：100011
电　　话：010-64267325　64245264（兼传真）
网　　址：www.1980xd.com
印　　刷：固安兰星球彩色印刷有限公司

开　　本：880mm×1230mm　1/32
印　　张：8
字　　数：132千字
版　　次：2023年4月第1版
印　　次：2023年4月第1次印刷
书　　号：ISBN 978-7-5231-0111-7
定　　价：49.80元

太宰治・津轻

だざい おさむ　つがる

和风译丛·太宰治系列推荐

本书收录太宰治最具代表性的小说《人间失格》《斜阳》以及文学随笔《如是我闻》。

《人间失格》是太宰治最后一部完结之作，日本"私小说"的金字塔。以告白的形式，挖掘人性深处的懦弱，探讨为人的资格，直指灵魂，令人无法逃避。

《斜阳》写的是日本战后没落贵族的痛苦与救赎，"斜阳族"成为没落之人的代名词，太宰治的纪念馆也被命名为"斜阳馆"。

《如是我闻》是太宰治针对文坛上其他作家对其批判做出的回应，其中既有对当时文坛上一些"老大家"的批判，也有为其自身的辩白，更申明了自己对于写作的看法和姿态，亦可看作太宰治的"独立宣言"，发表时震惊文坛。

《惜别》是太宰治以在仙台医专求学时的鲁迅为原型创作的小说。创作这部作品之前，太宰治亲自前往仙台医专考察，花了很长时间搜集材料，考量小说的架构，用太宰治的话说，他"只想以一种洁净、独立、友善的态度，来正确地描摹那位年轻的周树人先生"；因而，在书中，读者可以看到鲁迅成为鲁迅之前的生活、学习经历及思想变化，书中的周树人，亦因太宰治将自己的情感代入其中，而成为"太宰治式的鲁迅"形象。

本书同时收录《〈惜别〉之意图》《眉山》《雪夜故事》《樱桃》《香鱼千金》等5部中短篇小说。

时间宝贵，我们只读好书。

和风译丛·太宰治系列推荐

本书收录了《秋风记》《新树的话语》《花烛》《关于爱与美》《火鸟》等六部当时未曾发表的小说。这部小说集是太宰治与石原美知子结婚后出版的首部作品集，作品集中表现了太宰治对人间至爱至美的渴望，以及对生命的极度热爱。像火鸟涅槃前的深情回眸，是太宰治于绝望深渊之中的奋力一跃。

本书收入《小丑之花》《狂言之神》《虚构之春》三部长篇小说，构成《虚构的彷徨》。并附《晚年》中的三部短篇《回忆》《叶》《玩具》。

《小丑之花》发表于 1935 年 5 月的《日本浪漫派》。翌年，《狂言之神》经佐藤春夫先生的推荐，发表于美术杂志《东阳》的十月号，《虚构之春》经河上彻太郎先生的推荐，发表于《文学界》的七月号。此三篇，依花、神、春的顺序，构成了长篇三部曲《虚构的彷徨》。

和风译丛·太宰治系列推荐

　　本书主要选取太宰治生前出版的作品集《晚年》中的经典作品结集而成，收入《鱼服记》《列车》《地球图》《猿之岛》《麻雀游戏》《猿面冠者》《逆行》《他非昔日他》《传奇》《阴火》《盲草纸》等11部中短篇小说。

　　本书收入太宰治的《富岳百景》《女生徒》《二十世纪旗手》《姥舍》《灯笼》等9部中短篇小说及随笔。

　　《富岳百景》写法别致，为多数日本高中语文教科书所选用。它以富士山为中心，多种角度地描写了富士风景，每种风景都寄托了太宰治的情感。

　　《二十世纪旗手》的副标题"生而为人，我很抱歉"已成为广为流传的一句名言。

时间宝贵，我们只读好书。

和风译丛·太宰治系列推荐

本书收入太宰治的《盲人独笑》《蟋蟀》《清贫谭》《东京八景》《风之信》等9部中短篇小说及随笔。

《东京八景》是太宰治的青春诀别辞。《盲人独笑》则通过一个盲乐师的日记，写出了他面对苦难人生的乐观。《蟋蟀》则通过一个艺术家妻子的口吻，申告了太宰治自己对艺术、成功与富有的独特看法。

本书收入太宰治的《黄金风景》《雌性谈》《八十八夜》《美少女》《叶樱与魔笛》等13篇小说及随笔。

《黄金风景》通过女佣阿庆对纨绔少爷始终如一的体谅与宽慰，写出了太宰治对女性之美的崇敬。《懒惰的歌留多》通过对懒惰之恶的深切反思，写出了振聋发聩的"不工作者，就没权利，自然会丧失为人的资格"。

和风译丛·太宰治系列推荐

本书创作于第二次世界大战期间。在战争硝烟的笼罩下，作者一家人不得已进入狭小的防空洞中躲避空袭。父亲为了安抚躁动不安的小女儿，将日本传说进行改编并讲给女儿听，于是便有了《御伽草纸》这本传世经典。

"人生总是在上演着这样的故事，这就是所谓的人性悲喜剧。"太宰治根据《去瘤》《浦岛太郎》《舌切雀》等耳熟能详的日本传说故事进行改编，表现出对人性和现实命运的反思，但在风格上却一改往日的沉郁颓废，转为轻松平和，《御伽草纸》是太宰治笔下少有的温情之作。

此外，本书中还收录《竹青》与《维庸之妻》。

根据日本现实主义之父井原西鹤的作品改编，同时注入太宰治的人生哲学，这是两位日本文学家的一次跨时空"合作"。太宰治借西鹤之口揭露现实、剖析人性，在战火下仍然笔耕不辍，为的是在乱世中仍然能使文学精神得到传承。

本书作品多描述市民生活中的奇闻异事，从小人物着笔，折射出日本社会的喜怒哀乐，趣味十足而又发人深省。是选择追名逐利还是坚守本心？这是作者留下的问题。至于问题的答案，则需要读者在人生之中探寻。

只读

和风译丛·太宰治系列推荐

　　津轻是太宰治的故乡，他短暂人生中的前二十年都在这里度过。可以说，是津轻成就了如今的太宰治；而当太宰治重游故园时，他也找回了久违的温暖。本书不仅是一部描写津轻风土人情的优秀作品，而且具有极高的文学价值。阅读此书，或许可以让我们通过太宰治的成长之路，得到前所未有的精神力量。

　　《春天的盗贼》收录了《春天的盗贼》《俗天使》《新哈姆莱特》《女人的决斗》《女人训诫》等太宰治的小众作品，题材丰富，表现形式多样，每一篇作品都展现出了太宰治出众的洞察力和文学才能，同时也让我们在阅读中窥见太宰治内心的挣扎和对美与善的一丝希望。

和风译丛·太宰治系列推荐

　　战争时期，太宰治将笔触转向历史传奇，并创造出乱世中的一方净土。本书收录了太宰治为人称颂的翻案杰作《右大臣实朝》《追思善藏》等，是研究太宰治文学风格和艺术水平的重要参考。太宰治用其对情节独特的处理手法，为传统作品注入了新的价值。在明暗意向的交织下，展开了一幅描绘人性的画卷。

　　不论身处何等黑暗之境，内心深处一定会有不灭的希望，太宰治即是如此。总是给人留下颓废、消极印象的太宰治，心中也有柔软的一面。他在逆境之中寻求生命的意义，并鼓励读者勇敢地追寻梦想，保持善良和美好的人性，满怀信心地迎接每一天。《归去来》中收录太宰治数篇真心之作，是太宰治彼时心境的真实写照，也是他留给后人的宝贵精神财富。

时间宝贵，我们只读好书。

和风译丛·太宰治系列推荐

《古典风》收录了太宰治的日常随笔、短篇小说、散记等。题材丰富，形式多样，展现出太宰治在文学领域的多种探索，并在其中融入了太宰治自身对于人生的感悟。这些作品的问世打破了大众对太宰治"忧郁、堕落"的刻板印象，逐渐认识到他作为一个普通人所具有的丰富情感。想要了解真实的太宰治吗？那你一定不能错过这本《古典风》。

"我一定会战胜这个世界的！"这是主人公芹川的宣言，少年总要经历挫折和磨难才能成长，而他们身上最宝贵的便是勇气与希望。芹川的故事正是每一位青少年的真实写照，即使遭遇挫折、经历失意，也不会停下勇往直前的脚步，这才是青春的意义。

《正义与微笑》语言细腻，风格明快，真实地再现了一个正值青春的少年在面临人生选择时的心理变化。一反往日作品的"颓废、压抑"之风，展现出太宰治积极向上的一面。

只读

时间宝贵，我们只读好书。

只读

时间宝贵，我们只读好书。